15,95

DUP IN DE BRAMENSTRAAT

Henk Joosen

Dup in de
Bramenstraat

Met tekeningen van Milja Praagman

DE EENHOORN

CIP-gegevens: Koninklijke Bibliotheek Albert I
© Tekst: Henk Joosen
© Illustraties en omslagtekening: Milja Praagman
Omslagontwerp: quod. voor de vorm

Druk: Oranje, Sint-Baafs-Vijve

© 2011 Uitgeverij De Eenhoorn bvba, Vlasstraat 17, B-8710 Wielsbeke

D/2011/6048/6
NUR 282, 283
ISBN 978-90-5838-666-3

www.eenhoorn.be

Paffen

'Hé, Dup. Kom eens!'

Robberts hoofd steekt half boven de struiken uit.

Hij staat er gewichtig bij te kijken.

Even twijfelt Dup. Robbert Brinkman is een sukkel.

Altijd gedoe, altijd problemen.

'Wat is er?' vraagt hij toch maar. Hij schopt een kiezel-

steentje weg en loopt onverschillig naar de bosjes toe.

'Kom nu maar hier,' zegt Robbert, terwijl zijn hoofd

ritselend verdwijnt.

Gek is dat. Soms *kun* je gewoonweg niet doorlopen.

Dup baant zich een weg door de struiken heen. Dorre

bladeren verkruimelen onder zijn schoenzolen. Als hij

Robbert ziet, schiet hij in de lach.

'Wat doe jij nou?'

Robbert trekt zijn onderlip op. 'Tss. Roken natuurlijk.

Als ik hem aansteek, dan rook ik.'

'Je lijkt wel een afgekeurde indiaan met die pijp in je

mond,' spot Dup.

'Niet waar,' zegt Robbert. 'Hij was van mijn ouwe oom

Hendrik. Maar die is dood en volgens zijn testament mocht ik hem hebben. Het is een echte grotemensen-pijp. Vroeger rookten alle mannen pijp. Als je dat niet deed, was je een watje. Doe je mee of niet?'

'Waarmee?'

'Met roken, sukkel!'

Hé! Da's niet eerlijk. Robbert is een sukkel. Dup niet. Maar Dup vindt het wel spannend. Hij schuifelt wat naar voren en zegt: 'Eerst ruiken, Bert.'

Robbert heeft er een hekel aan als mensen hem Bert noemen. Maar vandaag mag het. Want Robbert wil wat van Dup. Hij houdt de pijp voor Dups neus. Hij is donkerbruin. Met een krom, zwart, afgeknabbeld steeltje. De kop zit vol goudbruine tabak. Een wirwar van dunne draadjes. Het ruikt naar karamel. Lekker.

'Heb je vuur?' vraagt Dup.

'Hoe wilde je anders roken?' zegt Robbert. 'Zeker nog nooit gerookt, hè?'

Dat kan Robbert gemakkelijk zeggen. Hij is een jaar ouder dan Dup. Toch zitten ze bij elkaar in de klas. Vorig jaar, in groep zes, is Robbert blijven zitten. Hij vond juffrouw Van Geel zo leuk, dat hij besloot nog een jaar bij haar in de klas te blijven. Dat zegt hij tenminste... Maar nu heeft juffrouw Van Geel groep vier. En Robbert zit bij meester Bronkhorst. Dat is het ergste wat je mee kunt maken.

Om te beginnen heeft meester Bronkhorst een vette lok: natte haren die in een puntige krul op zijn voorhoofd liggen. Dat is niet erg hoor, zo'n lok. Misschien heeft je vader er ook wel een. Maar de lok van Bronkhorst ziet er gewoon vies uit.

Erger nog is het dat Bronkhorst gewoon een verschrikkelijke man is. Oneerlijk, vreselijk streng en je mag niks. Je moet het eens in je hoofd halen om tijdens de les ergens mee te spelen. Hij gooit het zonder pardon in de prullenbak. En probeer het er na schooltijd niet uit te vissen, want dan zwaait er helemaal wat!

En weet je wat het ergst is? Bronkhorst is nooit ziek. Niet dat je dat iemand zou toewensen. Maar een dagje zonder Bronkhorst zou af en toe wel eens fijn zijn. Maar nee hoor, elke dag is het Bronkhorst.

Dup en Robbert hebben nog nooit zo'n verschrikkelijk schooljaar gehad. En het is pas oktober...

'Steek aan dan,' zegt Dup. 'Laat maar eens zien hoe goed je kunt paffen.'

Dup gaat er zo stoer mogelijk bij staan. Stiekem hoopt hij dat Robbert het niet zal doen. Maar dan blinkt er iets in het zonlicht. Een zilveren aansteker. Die was vast ook van Robberts oom.

Langzaam knipt Robbert het klepje omhoog. Dan draait hij met zijn duim aan het wieltje. Meteen springen er vrolijke vonkjes tevoorschijn. Maar verder gebeurt er niks.

Dup glimlacht opgelucht.

Robbert probeert het nog een keer. Weer vliegen de vuurspettertjes in het rond. Maar nog steeds geen vlammetje. Robbert fluistert een woord dat Dup niet kent. Hij knijpt zijn lippen tot een streepje en probeert het nog eens.

'Pff,' zegt Dup. 'Die is leeg, joh. De groeten. Ik ben weg.'

Robbert schudt wild met de aansteker. Stom ding!

Juist als Dup zich om wil draaien, schiet er een joekel van een vlam de lucht in. Robberts wenkbrauwen vliegen nog net niet in de fik.

'Hoezo, leeg?' lacht Robbert. Hij zuigt hard aan de pijp, terwijl hij de vlam bij de kop houdt. Dat heeft hij zijn oom vaak genoeg zien doen. De tabak gloeit rood op. Een flinke rookwolk. De pijp brandt.

'Makkie-pakkie,' glundert Robbert. Hij zuigt nog eens aan het steeltje. 'Nu jij.' Zijn stem klinkt benepen. Alsof zijn keel wordt dichtgeknepen.

'Zo moet je roken,' beslist Dup. 'Je blaast die rook meteen weer uit. Dat kan iedereen. Rook moet je inslikken. En als je dan praat, komt er de hele tijd rook uit je mond. Net als bij mijn oom Karel. Dat is pas roken.'

Robbert zet aarzelend de pijp opnieuw aan zijn mond. Hij wil zich niet laten kennen. Opnieuw zuigt hij hard aan het mondstuk. Weer wordt de tabak roodgloeiend.

Wat er daarna precies gebeurt, weet Dup niet, maar plotseling kronkelt Robbert over de grond. Hij is knalrood en blaft als een hese teckel. Rook ontsnapt uit zijn mond en uit zijn neus. Misschien ook wel uit zijn oren. Met gebalde vuisten trommelt hij op de grond. De wormen schrikken zich vast rot.

En dan... laat Robbert een enorme wind. Hij grijpt naar zijn achterste en roept: 'Gatver!' Meteen daarna zet hij het op een lopen.

'Hé, Robbert,' roept Dup hem nog na. 'Je vergeet je pijp!'

Flup

Flup springt ongeduldig tegen de voordeur, als Dup de sleutel in het slot steekt.

'Ja, ja, ik kom al,' roept Dup.

Elke middag – zelfs als het regent – laat Dup de hond van Frans uit. Want Frans woont alleen en moet de hele dag werken.

Het leukst vindt Dup het als ze andere honden tegenkomen. Het is grappig om die beestjes te zien snuffelen en stoeien. Honden zijn heel anders dan mensen. Gelukkig maar. Stel je voor dat je aan iedereen die je tegenkwam zou gaan ruiken. En dan ook nog even lekker een potje vechten...

Dup loopt om de plassen op de stoep heen. Flup niet. Die drinkt eruit en loopt er dan dwars doorheen.

Als ze bijna thuis zijn, trekt Flup als altijd harder aan zijn riem. Hij heeft honger als een paard. Bij het poortje blijven ze staan. Dup doet de riem af en Flup rent als een dolle stier naar de voordeur. Hij springt via de bloembak op het muurtje naast de deur en duwt met zijn zwarte dopneus op de bel. Als je het nooit gezien hebt, geloof je het misschien niet.

'TRING,' klinkt het binnen.

En dan doet Frans natuurlijk niet open, want die is niet thuis. Maar dat is niet erg. Het gaat alleen maar om het spelletje.

Dup glimlacht.

Op hetzelfde moment spat er een plens water tegen zijn benen. Als hij zich omdraait, ziet hij nog net een blauwe auto de hoek omgaan. *Van der Plas* staat er op de zijkant.

'Dank je,' zegt Dup.

Piepers

Dup trekt de deur met een knal achter zich dicht.

'Moet je nog iets voor school doen?' roept zijn moeder vanuit de badkamer.

Ook goedemiddag, denkt Dup.

'Ik heb niks!' jokt hij snel.

Dat doe ik vanavond wel, beslist hij languit op de bank. Geen zin.

Dup droomt ervan school af te schaffen. Of beter nog: wie echt wil, die mag naar school. Maar niemand hoeft.

Dan schrikt Dup op. De aardappelen! Hij rent naar de keuken. Hij weet precies wat hij moet doen. Hij heeft het al zo vaak gedaan. De pan van het vuur pakken – niet met je blote handen, zoals die ene keer – en dan kijken welke aardappelen er nog een beetje op aardappelen lijken.

Vandaag is het raak. De aardappelen, de boontjes en de gehaktballen houden een wedstrijdje wie er het eerst aanbrandt. De aardappelen winnen. Een halve, nog stinkende aardappel is te redden. Alleen de onderkant van de twee gehaktballen is zwart. En de boontjes liggen in een bodempje borrelend water. Daar is nog net niks mee aan de hand.

Even later gooit Dup de verbrande aardappelen en twee halve, zwarte ballen in de gft-bak. Die halve aardappel mag mama lekker zelf opeten, denkt hij. Mij niet gezien!

Net als Dup zijn moeder het grote nieuws van de maaltijd wil vertellen, gaat de telefoon.

'Ik neem 'm wel!' roept hij gauw.

Dups moeder duwt met haar billen de deur open en ploft de volle wasmand met een doffe dreun op de grond.

'Hè, verdorie. Die aardappelen weer?' vraagt ze met een zucht.

Dan ziet ze Dup lijkbleek in de grote stoel bij het raam zitten, de telefoon nog in de hand.

'Is er iets, Dup? Iets met oma?!'

'Nee,' zegt Dup. Hij staart voor zich uit. 'Er is niks met oma.'

'Wat dan, Dup? Wat is er?' roept zijn moeder ongeduldig. 'Wie was dat dan?'

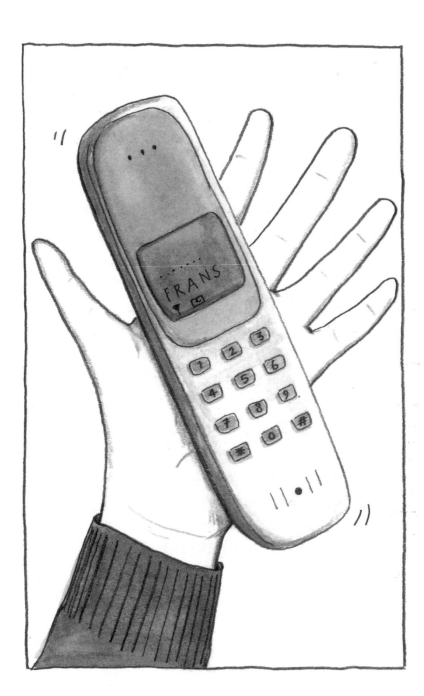

'Frans...' stamelt Dup. 'Het was Frans.'

'Wat is er dan met Frans?' Dups moeder gaat steeds harder praten.

Dup zit nog steeds doodstil in de stoel. Alleen zijn lippen bewegen: 'Er is... Er is ingebroken...'

De inbraak

'Hij was net nieuw,' zegt Frans. 'Gisteren gekocht. Een splinternieuwe televisie. De doos staat nog in de berging.' Hij roert driftig in zijn koffiekopje.

'Verder hebben ze niks meegenomen. Alleen mijn tv.'

'Stommerds,' moppert Dup. 'En? Is de politie al geweest?'

'Ha, nee Duppie, die komen niet voor zo'n kleinigheidje. Die hebben wel wat anders te doen.'

'Hè?' roept Dup verbaasd. Hij begrijpt er niets van. Het lijkt zo simpel. Er wordt ingebroken. De politie komt. Een agent gaat aan de slag met wat wit poeder voor de vingerafdrukken. Een andere gaat voetsporen zoeken in de tuin. En een derde gaat in de buurt aan iedereen vragen of ze wat bijzonders hebben gezien. Even later weten ze precies wie het gedaan heeft. Ze rijden nog diezelfde dag met een paar mannetjes naar de inbreker om hem te arresteren. En dan krijgt Frans netjes zijn tv terug. Zo moet dat.

'Ik heb ze wel gebeld, hoor,' zegt Frans. 'Nergens aankomen, dacht ik. Meteen bellen. Kreeg ik zo'n agent aan de lijn. Zo'n...'

Frans slikt een woord in.

'Heb ik hem eerst het hele verhaal verteld. Van het kapotte keukenruitje. Van de troep die ze hebben gemaakt. En van de tv. Weet je wat die flapdrol vroeg?'

Dup trekt zijn beste vraaggezicht.

'Of ik wel zeker wist dat er was ingebroken. Dat is toch niet te geloven, Dup. Een kapotte ruit, een hoop rotzooi in je huis en je televisie is fietsen. Die heeft natuurlijk pootjes gekregen en is door het keukenraam naar buiten gesprongen. Dat zal het zijn.'

Dup moet bijna lachen om die boze Frans.

'En toen vroeg hij of ik verder nog wat bijzonders had gezien. Ik zei dat het me eigenlijk vooral gaat om wat ik niet meer zie. Mijn tv! En dat hij zelf maar moest komen kijken als hij wil weten of er iets bijzonders te zien is. Toen werd hij boos. En ik ook. Nee, Dup. De politie, die komt niet.'

Frans neemt een slok van zijn koude koffie.

'Heb jij niks gezien, Dup? Toen je Flup uitliet?'

Dup fronst zijn wenkbrauwen. Als een film ziet hij wat er die dag gebeurd is. Precies hetzelfde als elke dag. Kwispelend staat Flup hem in de hal op te wachten. Dup pakt de riem van de kapstok. Ze gaan meteen wandelen. Als ze terugkomen, spelen ze nog even een potje voetbal met een tennisbal in de hal. Dup tegen Flup. De voordeur is het doel. Daar moet Dup scoren. Flup hoeft het balletje alleen maar in zijn bek te pakken. Dup wint bijna nooit, maar dat is niet erg. Na de wedstrijd krijgt Flup altijd nog een bakje droogvoer en een schaaltje water. Die staan al op het kastje naast de voordeur te wachten. Dup zet ze op de grond en gaat weer weg. Hij laat Flup altijd smikkelend en slurpend achter.

'Nee, ik heb niks bijzonders gezien. Ik ben niet eens in de kamer geweest. Ik kom eigenlijk nooit verder dan het halletje.'

Dan bedenkt Dup dat die inbreker misschien nog in de woonkamer was, toen hij Flup kwam halen. Brr, hij krijgt er een koude rilling van. Wat zou er gebeurd zijn als hij die inbreker had betrapt?

De toets

Dup kijkt door het raam naar buiten. Laag hangt het zonnetje tussen de wolken. Het belooft een mooie dag te worden. Maar voorlopig zit hij nog wel even op school.

Eerst de ochtend door zien te komen. Het is echt geen pretje bij meester Bronkhorst. Maar het is woensdag. Woensdagen zijn de minst erge schooldagen. Even doorbijten bij rekenen en taal, en hopen dat je geen beurt krijgt. Want dan zit het er dik in dat de meester je voor schut zet. Of je het goede antwoord nu weet of niet.

Maar na de pauze is er tekenen en daarna gymles. Dat is tenminste een stuk minder erg. Het is alleen wel jammer dat Bronkhorst tijdens gym niets meer wil voordoen. Vroeger schijnt hij heel goed geweest te zijn in turnen. Hij is zelfs jeugdkampioen geweest. Stel je voor: die kleine jongen van Bronkhorst – op zijn voorhoofd een piepkleine lok – in een strak pakje, hangend aan de rekstok.

In het begin van het schooljaar maakte de meester nog wel eens een zweefrol of een gevaarlijke sprong over de bok. Maar laatst hing hij prachtig gestrekt aan de ringen, wel twee meter van de grond. De benen kaarsrecht omhoog, het hoofd fier naar beneden. Zijn natte krul bleef netjes op zijn voorhoofd plakken. Zijn jasje – dat doet hij nooit uit, zelfs niet tijdens de gymles – hing erbij als een vlag op een windstille dag. Doodstil bungelde Bronkhorst aan de ringen. Je zag hem gewoon genieten. En toen gebeurde het. Zomaar ineens. Met een dreun en een kreun lag hij op een hoopje op de mat.

Het was een vreemd gezicht. Je moest lachen, maar je durfde het niet. Iedereen bleef muisstil op zijn plek zitten, totdat meester Bronkhorst weer opkrabbelde. Hij deed alsof hij geen pijn had, maar dat had hij wel. De les was meteen afgelopen. Dat was nog het ergste. En ze hadden nog helemaal niks gedaan.

Sinds die dag loopt de meester een beetje vreemd. Alsof er een lange stok in zijn broekspijp zit.

Bronkhorst zei later dat hij gevallen was, omdat hij ergens van was geschrokken. Iemand had heel hard geniesd, zei hij. Maar niemand, helemaal niemand van de klas kon zich dat herinneren. Niemand die wat gehoord had. Er was echt alleen maar die doffe plof van een vallende meester. Het was zijn eigen schuld. Hij had die ringen gewoon niet goed vastgemaakt.

Sinds die dag krijgt Robbert altijd overal de schuld van. Voor meester Bronkhorst staat het vast. Robbert heeft hem laten schrikken. En daar zal hij voor boeten.

Nee, geen voorbeelden meer van Bronkhorst tijdens de gymles. Niet eens een eenvoudig koprolletje. De meester heeft namelijk iets nieuws ontdekt. Hij laat alles gewoon door een kind voordoen. Steeds iemand anders. Maar de wat moeilijkere oefeningen... Die zijn allemaal voor Robbert. Of hij het nu kan of niet. Zo is Bronkhorst.

Meester Bronkhorst stapt de klas in. Meteen is het stil. Zoals elke morgen slaat hij hoofdschuddend de krant dicht en vouwt hem dubbel. Alsof het nieuws niet mag ontsnappen. Met een vlakke hand strijkt hij er nog een extra scherpe vouw in. Dan laat hij zijn ogen langzaam langs de kindergezichten glijden. Er verschijnt een dunne glimlach om zijn mond. Onweer op komst!

'Goedemorgen, jongelui,' klinkt het mierzoet.

'Goedemorgen, meester,' hebben ze netjes geleerd terug te zeggen. Maar meestal wordt het helemaal geen goede morgen.

De meester vouwt zijn handen. Hij inspecteert de bleke nagels van zijn lange, smalle vingers. Als de kinderen aan het werk zijn, schraapt hij er altijd het vuil onder uit. Gewoon met een schaartje.

'Vanochtend gaan we iets heel belangrijks doen,' zegt hij dan. 'Een rekentoets zonder hulp van rekenmachientjes, kladpapier of andere onzin. Het blote hoofd, daar draait het om, jongelui. We zullen eens laten zien dat er hier goed wordt lesgegeven.'

Bij die laatste woorden kijkt hij strak en kil naar Pim Glastra. De vader van Pim is directeur van de school. Bronkhorst gaat verder: 'Er zijn namelijk mensen die daaraan twijfelen. Aan jullie de eer om het tegendeel te bewijzen. Dus: zet hem op Pimmetje.'

Twee bladen vol met sommen. Gezellig!

Dup kan aardig rekenen. Het eerste blad gaat vlot. Optelsommen, aftreksommen. Geen probleem! Maar op het tweede blad staan allemaal sommen die ze nog nooit gehad hebben. Het lijken wel sommen voor groep zeven. Hoe kan Dup nu weten hoeveel water er in dat zwembad zit? En hoe bereken je de rente over je spaargeld, als je telkens wat van je rekening afhaalt? Zulke vragen! Het is gewoon niet eerlijk...

Als alle ellende eindelijk voorbij is en iedereen op het speelplein staat na te mopperen, trekt Robbert Dup mee. Ze lopen naar een hoekje van het plein waar niemand is.

'Heb je zaterdag wat te doen?' fluistert Robbert.

'Zaterdag? Wat is er dan?'

'Kan ik niet zeggen,' doet Robbert geheimzinnig. 'Kun je of niet?'

'Ga je weer roken?' wil Dup weten. 'Is je broek al schoon?'

Meteen geeft Robbert Dup een zet.

'Kom nou maar gewoon.'

Dup twijfelt. Wat is Robbert van plan? Tja, daar kan hij maar op één manier achterkomen.

''s Middags kan ik misschien wel. Ik moet eerst naar de stad. Kleren kopen,' zegt Dup met een vies gezicht.

'Mooi,' zegt Robbert. 'Komt goed uit. Dan zie ik je na het eten. Kom maar gewoon langs. Maar niet in je nieuwe kleertjes.'

Dan klinkt de zoemer. Naar binnen. Tekenen en gym. Misschien mag Robbert straks wel weer iets moois voordoen.

Een nieuwe ruit

Dup loopt op zijn gemak in de Rozenstraat. Hij denkt aan Robberts hoofd. Zou dat er weer een beetje normaal uitzien?

Drie keer raden wie er tijdens gym de handstand voor moest doen. Meester Bronkhorst liet Robbert wel vijf minuten staan. Zijn hoofd was de rest van de les zo rood als een tomaat.

'Hé, Dup.'

Dat is Frans. Hij staat Dup al op te wachten. In zijn werkpak. Ze willen samen naar de glashandel gaan om een nieuwe ruit te halen.

'Hoi, Frans,' zegt Dup. 'Sta je al lang te wachten?'

'Uurtje,' liegt Frans. 'Maar dat geeft niet, hoor.' Hij geeft Dup een dreuntje op zijn schouder. Dup voelt de lange les handstand meteen weer.

Ze stappen in het autootje, dat net iets te klein is voor de grote Frans. Zijn haren maken een ruisend geluid tegen de bekleding van het dak. En als Frans in- of uitstapt, stoot hij steevast zijn hoofd.

'Kijk,' wijst hij. 'Navigatie.'

'Niet waar,' zegt Dup. 'Da's gewoon een radio.'

'Zet maar aan dan,' glundert Frans.

Dup drukt op de knop. Meteen hoort hij een vreemde stem uit de luidsprekers komen.

'Ga rechtdoor.'

'Goed idee,' zegt Frans. Meteen gaat hij rijden.

'Zit er niet zo'n tv'tje bij?' vraagt Dup. 'Zo zie je toch niet waar je heen moet!'

'Nee,' antwoordt Frans, 'maar je hoort het wel.'

'Ga rechtsaf,' zegt de stem weer.

'Zie je. Zo kan het toch ook? Gewoon goed luisteren,' vindt Frans.

Hij gaat de bocht om.

Dup vindt het maar een raar apparaatje.

'Bij de volgende rotonde: neem de vierde afslag.'

Frans rijdt de rotonde op.

'Eén,' telt hij mee. 'Twee, drie en... vier.'

'Hé,' zegt Dup. 'Dat klopt niet, hoor!'

Ze rijden gewoon terug!

Frans fluit een vrolijk deuntje. Heeft hij dan niets in de gaten?

'Ga linksaf,' zegt de stem nu.

'Hé, Frans,' lacht Dup. 'Dat ding is in de war. Het is de weg kwijt.'

'Nee, hoor,' zegt de vreemde stem. Maar het is niet de navigatie. Het is Frans met een dichtgeknepen neus.

'We zijn helemaal niet verdwaald,' zegt hij weer gewoon. 'Kijk maar. We zijn weer netjes thuis.'

Dup lacht. 'Hoe heb je dat gedaan?'

'Wat dacht je? Die stem, dat ben ik zelf. Thuis opgenomen. Met een microfoon. En ik kan het hier met mijn autoradio afspelen. Ik hoef helemaal niet zo'n duur navigatieding te hebben. Ik heb er gewoon zelf een gemaakt! Goed, hè?'

'Tja,' zegt Dup, 'vooral als je alleen maar rondjes wilt rijden.'

Dan klinkt de stem weer uit de boxen: 'Kom, we gaan weer. Geen getreuzel, Frans. Rijden!'

Nog nooit heeft Dup iemand zo hard horen lachen als Frans. Om zijn eigen grap...

Dup schudt zijn hoofd. Die Frans!

Even later kijkt Dup zijn ogen uit in de werkplaats van glashandel Overvliet. Een grote grijze hal vol glazen gangen. Overal metersgrote ruiten. Het lijkt wel een supermarkt met maar één afdeling: glas.

'Daar is Teun al,' zegt Frans.

Bij een grote werkbank, achterin de hal, staat een man in een grijze overall. Hij heeft bolle oorbeschermers op zijn bijna kale hoofd. Met een groene machine boort hij een gat in een langwerpige glasplaat. Het maakt een snerpend geluid.

'Voor de deurknop,' roept hij boven het geweld uit als hij de vragende blik van Dup ziet. 'Mooi, hè, een glazen deur. Wat kom je doen, Frans? De meter opnemen?'

'Nee, Teun. Heb je misschien een keukenruitje voor me? Enkel glas.' Frans geeft het papiertje met de maten aan de glazenman.

'Laat me raden,' zegt Teun. Hij legt zijn bolle oren op de werkbank en kijkt Dup aan.

'Potje gevoetbald?'

Dup krijgt een kleur.

'Nee, ingebroken,' zegt Frans.

'O, o,' zegt de glazenman, terwijl hij Dup nu wel heel streng aankijkt. 'Niet meer doen, hè!'

'Ik heb niks gedaan!' flapt Dup eruit. Nu krijgt hij het helemaal warm.

De man in de overall wrijft Dup lachend over zijn bol.

Leuk is dat, denkt Dup, hem zo voor de gek houden.

'Het is wel raak de laatste tijd, hè,' zegt Teun terwijl hij een dunne ruit uit een rek schuift, 'met al die inbraken.'

'Hm?' bromt Frans. 'Al die inbraken?'

'Ik heb sinds gisteren al vier ruiten verkocht. Goeie handel! Straks denkt de politie nog dat ik het heb gedaan.'

'De politie denkt niks,' zegt Frans, 'en de politie doet niks.'

Teun pakt hoofdschuddend een glassnijder. Handig zet hij er een paar kaarsrechte strepen mee op het glas. Zo groot moet de ruit worden. Dan tikt hij op de rand. KRAK! Klaar.

Frans betaalt en Dup draagt de ruit.

Dat is zo fijn bij Frans. Hij laat Dup gewoon dingen doen die hij van een ander nooit zou mogen. Zeker niet van zijn moeder. Als Dup eens een keer iets moeilijks mag doen, dan zegt ze wel honderd keer: 'Niet laten vallen, hè.' Of: 'Niet uitglijden, hoor.' En: 'Kijk uit voor die scherpe randjes...' Alsof Dup een baby is.

Voorzichtig legt hij de ruit op de achterbank.

Straks mag hij meehelpen als Frans de ruit erin gaat zetten. En dan past hij natuurlijk heel goed op zijn vingers. Ja, mam!

Een geheime plek

Met je moeder naar de stad om kleren te kopen. In een veel te klein pashokje, achter een iets te smal gordijn. Een broek aantrekken waaraan nog overal kaartjes hangen. Spelden die geduldig wachten tot ze je gemeen kunnen prikken. Wat een ellende!

En die broek moet je natuurlijk ook nog uitgebreid aan je moeder laten zien, terwijl jij allang weet dat hij goed is...

'Draai nog eens om,' zegt Dups moeder. 'Hij zit toch niet te strak, hè? Probeer anders nog eens een maatje groter.'

En dan komt de verkoopster ook nog even kijken. Want die heeft er verstand van...

Toch ging het vanochtend nog best snel. Binnen een uur waren ze klaar. Een nieuw record. Een dikke trui, een spijkerbroek en een paar schoenen voor de winter. Terwijl het pas herfst is.

Dup duwt op de bel van Robberts huis. Voetstappen in de gang. De deur gaat kreunend open.

'Dag mevrouw,' zegt Dup. 'Is Robbert thuis?'

'Ha, die Dup,' zegt de moeder van Robbert. Ze veegt haar natte handen af aan de bloemetjesschort. 'Nee, hij is er niet.'

'We hadden afgesproken,' zegt Dup verbaasd.

Robberts moeder pakt een envelop.

'Alsjeblieft,' fluistert ze met een knipoog. 'Die moest ik je geven.'

Dup krijgt een kleur.

De envelop is dichtgeplakt. Bovendien is hij verzegeld met een dikke klodder kaarsvet. Met sierlijke krulletters staat er Dup op. Verder niks.

'Volgens mij zit er een geheime brief in,' zegt Robberts moeder geheimzinnig.

Dup lacht verlegen.

Achter een laag muurtje bij het speelpleintje is geen kip te zien. Alleen een wipkip. Dup scheurt de envelop open en ziet een dubbelgevouwen briefje. Zijn vingers trillen, zo nieuwsgierig is hij.

Bramenstraat 57
Slaapkamer
Tot zo!
R.

Die had zeker haast, denkt Dup. Of is het gewoon een manier om interessant te doen, niet je naam, maar alleen R. schrijven?

Wat zou er in die slaapkamer te doen zijn? Robbert zal toch niet bij vreemde mensen in een slaapkamer zitten?

Op naar de Bramenstraat. Dup stapt flink door. Hij wordt steeds nieuwsgieriger. Het is vlakbij. Eerst de Kersenstraat door en dan het hoekje om. Aan het eind van de straat woont Pim Glastra. En daar net voor staat het huis van Sanne van Dam. Die zit ook bij Dup in de klas.

Dup loopt langs een lange rij huizen. Ontzettend veel precies dezelfde huizen. Alleen de huisnummers zijn verschillend. En natuurlijk de spullen binnen. Sommige huizen zijn propvol gestopt met spullen, andere lijken bijna leeg. Alsof de mensen vergeten zijn kasten, stoelen en een bank te kopen.

Na de rij komen er grotere huizen. Die staan los van elkaar. Het eerste huis zijn ze nog aan het bouwen. Er staat een hek van gaas omheen. Het volgende huis is oud en vervallen. Daar woont niemand meer. Alle ruiten zijn stuk en de tuin lijkt een tropisch regenwoud.

Het zal toch niet... Welk huisnummer is dit eigenlijk? Het bordje naast de voordeur is nauwelijks te lezen. Staat er zevenenvijftig? Dup krijgt het benauwd. Hij heeft geen zin om hier naar binnen te gaan. Robbert kan de pot op!

Maar Dup kan Robbert natuurlijk ook niet zomaar laten zitten. Wat een gedoe. Robbert met zijn ideeën! Voorzichtig loopt Dup over het kiezelpad naar de voordeur. Wat staat er op dat vieze plaatje? Met zijn mouw veegt Dup het bordje schoon. Eerst ziet hij een vijf verschijnen, dan een negen! Gelukkig. Hier hoeft hij niet naar binnen.

PLOF!

Dup schrikt zich rot. Naast hem in de wildernis hoort hij een dreun. Hij duikt meteen weg. Was dat een steen? Dup kijkt om zich heen.

'Pst, Dup.'

Dat moet Robbert zijn. Ja, hoor. Zijn hoofd steekt uit het huis van de buren. Het huis dat nog niet af is.

'Hé, Robbert,' roept Dup. 'Was jij dat?'

'Sst!' sist Robbert streng. Hij duikt snel weg. Even later komt hij weer tevoorschijn. Hij wenkt. 'Kom,' zegt hij zonder geluid te maken en hij wijst naar een opening tussen twee tegen elkaar leunende hekken.

Dup wringt zich tussen de vieze, roestige hekken door. Gelukkig heeft hij zijn nieuwe kleren niet aan. Dan zou je zijn moeder horen!

Binnenkomen is niet moeilijk in een huis met een voordeur waar geen slot in zit. Dup schuifelt over een brede plank over een diep gat met buizen en kabels. In drie stappen staat hij in de doodstille woonkamer. Niemand te zien.

'Hier!' klinkt het van boven.

Robbert probeert zacht te roepen, maar zijn stem galmt door het lege huis.

In de hoek van de woonkamer draait een wenteltrap zich sierlijk naar boven. De houten treden kraken licht. Ze zijn nog niets gewend.

Boven zijn vier vertrekken. Een ervan is duidelijk de badkamer. Daar staat een wit ligbad op houten blokjes. De kraan ligt er los in. In een hoek wacht een wastafel tot hij wordt opgehangen. De kamer ernaast is leeg. De volgende ook.

In de laatste kamer zit Robbert ineengedoken onder het raam. Weggedoken voor de vijand, lijkt het wel.

'Wat doe je?' vraagt Dup.

'Bukken!' beveelt Robbert.

Dup kijkt Robbert verbaasd aan.

De lange jongen steekt zijn hoofd voorzichtig door het raam. Niemand te zien. Dan staat hij op. Snel loopt hij naar de deur. 'Naar boven,' zegt hij.

'Hé,' roept Dup. 'Ik ben je hondje niet. Ik wil eerst weten wat er hier aan de hand is. Anders ga ik ervandoor. Dan zoek je het maar uit met je spannende briefjes.'

'Kom nou maar,' sist Robbert over zijn schouder. Hij beent gewoon door. Zijn schoenen verdwijnen uit het zicht.

'Waarom ben ik toch zo nieuwsgierig?' zucht Dup. Boos dreunt hij de trap op.

Het is donker op zolder. Door het dakraam valt een smalle baan zonlicht. Als van een reuzenzaklantaarn.

'Kijk,' zegt Robbert. 'Weet je wat dit is?'

Natuurlijk weet Dup wat dat is. Maar nog voordat hij zijn mond open kan doen, zegt Robbert wijs: 'Een bouwtekening. En niet zomaar een bouwtekening. Nee, een bouwtekening van *dit* huis.'

'Zie ik ook wel,' zegt Dup. 'Hoe kom je daaraan?'

Robbert haalt zijn schouders op. 'O, die lag hier gewoon.'

Dan blijft het stil.

'En verder?' vraagt Dup kalm. 'Wat is daar zo spannend aan?'

'Daar kom je nog wel achter,' antwoordt Robbert. Hij draait zijn ogen naar links en naar rechts, zonder zijn hoofd te bewegen. 'Dit... wordt onze geheime plek.'

'Ik heb helemaal geen geheime plek nodig,' zegt Dup. 'Dat dacht je, Dup. Iedereen heeft een geheime plek nodig. Iedereen. En deze plek is perfect. Hier kan niemand ons vinden.'

'Ja, ja. Behalve de metselaar natuurlijk en de timmerman en de schilder. En wat denk je van de mensen die dit huis gekocht hebben? Die komen telkens kijken hoe ver al die mannen al zijn in hun nieuwe huis. En hoe ga je het straks doen als ze er echt gaan wonen? Vraag je dan ook een sleutel, zodat je niet telkens hoeft aan te bellen? Knap hoor, Robbert, dit is een prima geheime plek.'

'Wat klets je toch? Dat is alleen overdag. 's Avonds en in het weekend zie je hier geen hond. En het duurt nog wel even voordat er hier iemand gaat wonen,' bitst Robbert terug. 'Ik ben hier al vaak genoeg geweest, maar die lui heb ik nog nooit gezien. Volgens mij is het huis nog helemaal niet verkocht. Kijk maar.'

'Naar wat?' vraagt Dup.

'Naar die tekening natuurlijk. Zie je niks?'

Dup ziet dikke lijnen, dunne lijnen, losse woorden en heel veel cijfers. Een plattegrond van alle verdiepingen van het huis. Hij haalt zijn schouders op. 'Zeg het maar. Ik geef het op.'

'Hier.' Robbert tikt met zijn wijsvinger op de tekening van de zolder.

'Er staat een gewoon kruisje. Niks bijzonders.'

'Fout,' zegt Robbert. 'Da's geen gewoon kruisje. Dat is er later bij gezet. Kijk maar. De kleur is anders.'

'Nou en?' zegt Dup.

'Kijk eens om,' zegt Robbert dan. 'Kijk daar eens.'

Zijn bleke vinger wijst naar een donker hoekje op de zolder. Er staat een grote houten kist.

Robbert fluistert: 'Het kruisje.'

'Daar zit gewoon gereedschap in. En spijkers. Spullen die werkmannen nodig hebben,' zegt Dup. 'Logisch.'

'Helemaal niet logisch,' zegt Robbert. 'Op een bouwtekening staat toch niet waar ze een kist wegzetten? Nee, er is iets met die kist.'

Robbert loopt naar de kist toe. Dan vouwt hij de tekening keurig dicht en stopt hem langzaam in zijn zak. Overdrijven is ook een vak, denkt Dup. Maar hij zegt niets. Het is inderdaad wel vreemd dat een gewone kist op een bouwtekening staat.

'Dat dacht ik al,' zegt Robbert teleurgesteld. Hij rammelt aan het hangslot. 'Op slot.'

'Nou, dan zijn we hier klaar,' zegt Dup. Hij wil naar de trap lopen.

'Nee!' roept Robbert zo zacht mogelijk. Hij haalt snel een verfrommeld stuk papier uit zijn achterzak.

'Wat is dat nou weer?' vraagt Dup. 'Heb jij een papierwinkel?'

'Rustig maar. Eerst moet je me iets beloven.'

Dup trekt zijn wenkbrauwen hoog op.

'Beloof me dat je niks verklapt!' gaat Robbert verder.

'Hoe kan ik dat nou beloven als ik nog niks weet?'

'Je weet al een heleboel. Om te beginnen ken je onze geheime schuilplaats al,' zegt Robbert. 'En je weet ook dat ik een bouwtekening heb. Dus mondje dicht. Enne... als je meedoet, word je straks een flink stuk slimmer dan je nu bent.'

'Meedoen? Met wat?'

'Zeg ik straks. Doe je mee of niet?'

Even denkt Dup na. Het kan toch eigenlijk geen kwaad. Als het hem niet bevalt, dan stopt hij meteen met dat geheimzinnige gedoe.

'Goed,' zegt Dup. 'Kom maar op.'

Robbert grijnst. Zijn ogen worden smalle streepjes. Hij ritselt het papier open en strijkt het glad op de betonnen vloer. Precies in het licht van het dakraam. Het papier is zo groot als een brief.

Dup buigt zich nieuwsgierig voorover. Hij ziet een krullerig handschrift op lijntjespapier. Hij spant zijn ogen in. Maar hij kan het niet goed lezen. Ongeduldig pakt hij het vel van de grond.

1. Noem drie soorten reptielen

a) slang

b) krokodil

c) schildpad

'Maar...' stamelt Dup. Hij wijst naar het papier. 'Dat is...'

'Proefwerk biologie, les twee. Compleet met de antwoorden,' straalt Robbert. 'Goed, hè?'

'Goed? Hoe kom je daaraan?' vraagt Dup.

'Gevonden, gisteren,' zegt Robbert. Hij pakt het proefwerk uit Dups handen.

'Ja ja,' zegt Dup. 'Dat moet ik geloven. Waar heb je het dan gevonden?'

'Op de grond, naast het bureau van Bronkhorst.'

'En jij denkt dan...'

'Het is zijn eigen schuld,' zegt Robbert. 'Moet hij zijn spullen maar niet laten slingeren. Ik raapte het gewoon op om het netjes terug te geven. En toen schreeuwde hij ineens: "Doe dat papier weg, Brinkman." Weet je dat niet meer?'

Dup knikt.

'En ik probeerde nog wel te zeggen dat het zijn eigen papier was. Nou, als hij het niet hebben wil, dan moet hij het zelf maar weten.'

'En nu?' vraagt Dup.

'Wat dacht je? Ik ken heel het proefwerk al uit mijn hoofd. Daarstraks gedaan, toen jij er nog niet was.'

'Dat kan toch niet,' zegt Dup.

'En of dat kan. En jij mag het ook. Je weet nu in ieder geval al genoeg van reptielen.'

'Ja,' zegt Dup. 'En ik weet ook dat het niet eerlijk is wat

jij doet.'

Dan grijpt Robbert Dups pols. 'Stil,' sist hij.

Dup probeert zich los te trekken.

'Sst! Luister dan,' fluistert Robbert streng.

De jongens spitsen hun oren. Het geluid van een auto. Hij stopt voor het huis. De motor draait rustig. Dan wordt het stil. Een portier klikt open en wordt met een smak dichtgesmeten. Dan nog een.

Robbert wenkt Dup naar het zolderraam. Op hun tenen proberen ze een glimp van de auto te ontdekken. Voorzichtig. Ze mogen niet gezien worden. Wat is dat raam toch hoog. Met moeite zien ze het dak van een bestelwagen. Twee mannen met blauwe petjes lopen in de richting van het huis!

Dan horen ze de doffe knal van de voordeur. Holle stappen op de betonnen vloer. Gedempte stemmen galmen door het huis.

Dup kijkt Robbert aan. Die beeft als een rietje. Je kunt de angst in zijn ogen lezen. Dup zucht. Rustig blijven, denkt hij. Maar rustig blijven als je geen kant op kunt, is niet zo gemakkelijk. Ze zitten als ratten in de val...

De derde man

Dup legt zijn vinger op zijn lippen. Maar Robbert haalt het heus niet in zijn hoofd om iets te zeggen. Zelfs fluisteren durft hij niet.

Beneden horen ze de stemmen nog steeds. Een van de twee mannen heeft een hoge stem. Het is meer een soort gepiep. Maar hoe Dup en Robbert hun oren ook spitsen, ze verstaan er geen woord van.

Dup wenkt Robbert. Langzaam sluipt hij naar de hoek van de zolder waar de kist staat. De kist staat een klein stukje van de muur af. Precies genoeg om je erachter te kunnen verstoppen. Niet zo'n heel goede schuilplaats. Maar beter dan niets.

Voorzichtig draait Dup zich om. Robbert staat nog altijd in het midden van de zolder. Dup maakt een snel gebaar met zijn arm. Kom nou!

Robbert schudt nee. Met grote angstige ogen. Alsof ze ieder moment uit zijn hoofd kunnen rollen. Hij wijst met een bang gezicht naar beneden.

Twee verdiepingen lager is het rustig geworden. Grie-

zelig is dat, die enge stilte. Je kunt hierboven je eigen ademhaling horen.

Dup kijkt Robbert boos aan. Kom nou, gebaart hij. Hij steekt zijn hand uit.

Dat helpt gelukkig. Robbert komt in beweging. Voetje voor voetje loopt hij naar Dup toe. Ondertussen kijkt hij bang over zijn schouder naar het trapgat. 'Kijk uit,' fluistert Dup opeens zo zacht mogelijk. Te laat. Robbert is zo klunzig dat hij zomaar tegen de kist schopt. 'Au!' roept hij tamelijk hard.

Dup trekt Robbert gauw de donkere schuilplaats in. Als ze daar beneden maar niks gehoord hebben. Het is muisstil. Geen geluid, behalve hun zenuwachtige ademhaling. En dan... de voordeur.

Zouden de mannen weggaan? Alsjeblieft, smeekt Dup. Laat me die auto horen. Laat die mannen vertrekken.

Maar dat doen ze niet. Dup hoort de stemmen weer. Duidelijker nu. En... hoort hij dat goed? Hij knijpt zijn ogen tot spleetjes om zich goed te kunnen concentreren. Ja hoor, hij weet het zeker. Dat is een andere stem. Een wat luidere, fellere. Dup rilt van angst. Er is een derde man in het huis.

Ook Robbert heeft het gehoord. Hij klappert met zijn tanden. Alsof hij op de eerste voorzichtige lentedag in het ijskoude zwembad moet. Dan horen de jongens de deur opnieuw. En ook voetstappen op het paadje. Gelukkig. Dup steekt zijn duim omhoog om Robbert gerust te stellen. De trillende jongen knikt.

Maar zijn de drie mannen allemaal weg? Of is het beneden nog niet veilig?

Als je niets zien kunt, maken je oren overuren. En Dups oren vertellen hem dat er iemand de trap op komt. Hij hoort duidelijk voetstappen. Stap na stap, kraak na kraak komen er twee mannen dichterbij. Ze moeten nu al wel bijna op de overloop zijn. Ze willen vast naar de zolder. Naar de kist. De kist waarachter Dup en Robbert verstopt zitten. Opeens vindt Dup die schuilplaats de domste die hij had kunnen bedenken.

Dan kraakt de zoldertrap. De mannen komen dichterbij. Stap voor stap.

Dup en Robbert kijken elkaar even aan. Heel even maar. Dan glijden hun ogen weer naar de trap. Het enige wat ze nu nog kunnen doen, is zo stil mogelijk zijn. Maar dat valt niet mee met zo'n bonkend hart.

Dan klinkt er een telefoon.

'Met Jens,' zegt de hoge stem.

Het lijkt wel of hij naast de jongens staat, zo duidelijk kunnen ze hem horen. Over twee ruggen op zolder loopt een rilling.

'Ja, goed. Wanneer?' zegt Jens weer.

Meteen is het gesprek afgelopen. Weer horen ze de trap kraken.

'Een klus,' horen ze de hoge stem weer zeggen. 'We moeten er meteen naartoe, Jurgen. Hier handelen we het straks wel af.'

Dan dalen de voetstappen de trap af. Twee zachte zuchten vullen de zolder. Robbert knijpt Dup in zijn arm. Zouden ze nu echt weggaan? Het gekraak op de trap klinkt steeds zachter. En even later knalt de voordeur nog een keer dicht. Jens en Jurgen zijn buiten. Eindelijk.

En daarna – Dup en Robbert zitten nog steeds in hun donkere schuilplaats – horen ze de auto starten. De bestelwagen rijdt weg. Langzaam verdwijnt het geluid de straat uit. Nog zeker een minuut durven de jongens zich niet te verroeren. Dan staat Dup langzaam op. 'Ik ga,' zegt hij.

'Ik ook,' zegt Robbert met een trillende stem. 'Maar eh...' Hij kijkt naar het proefwerk in zijn hand. Wat moet hij daar nou mee? Hij wil het niet mee naar huis nemen. Hij heeft geen zin in nog meer moeilijkheden. Stel je voor dat zijn ouders het blaadje vinden... Daar moet hij niet aan denken.

'Daar,' wijst Dup.

Achteraan, waar de kist tegen de muur staat, is een spleet waar je makkelijk iets duns in kunt schuiven. Een proefwerkblaadje bijvoorbeeld. Dat blaadje heeft Robbert niet meer nodig. Hij is blij dat hij het kwijt is.

Een paar minuten later lopen twee bleke jongens door de Bramenstraat. Ze lopen flink door. Blij dat ze weer buiten zijn. Avonturen zijn leuk. In films en boeken. Maar je kunt ze beter niet zelf meemaken.

Sanne van Dam

'Jongelui,' klinkt het door de klas. De meester inspecteert de kinderen met een snelle blik. 'Eerlijkheid is een van de belangrijkste dingen in het leven. Dat klopt toch, hè?'

Iedereen knikt en kijkt braaf voor zich uit. Dat is het veiligst.

'Ik weet bijna zeker dat jullie ouders er ook zo over denken. Daarom stelt het me ook zo teleur, dat niet iedereen hier in de klas diezelfde mening heeft.'

Waarom kan Bronkhorst iets niet op een normale manier zeggen? denkt Dup.

'Een voorbeeldje,' klinkt het dan. Bronkhorst wrijft over zijn kin, die zo zacht lijkt als babybilletjes.

'Stel, ik ga bij onze vriend Bert Brinkman op bezoek. Niet dat ik dat voor mijn plezier zou doen, maar het gaat om het idee, nietwaar?'

Bronkhorst kijkt Robbert strak aan. Als een havik bestudeert hij elke beweging op het gezicht van de jongen. Poeslief gaat hij verder: 'En denk je eens in dat ik een kopje koffie zou krijgen. Zou kunnen, een kopje koffie bij Brinkie thuis. Gezellig. Een koekje erbij? Graag, mevrouw Brinkman. Afijn, zoiets. Ik kijk eens om me heen. Op de tafel zie ik een vaas met bloemen, een asbak en er ligt toevallig ook nog een portemonnee. En uit die portemonnee steekt een briefje van – laten we zeggen – een briefje van tien. Niet al te veel. Maar toch, een tientje. En dan... Even denken. Ja, dan wordt er aangebeld. Moeder Brinkman gaat opendoen. En ik zit opeens helemaal alleen in de woonkamer. Met mijn kopje koffie en mijn koekje erbij. En met dat tientje. Niemand in de buurt, dus. Als ik het pak, is het van mij, dat tientje! Niet, dan?'

'Nee, meester,' zegt Sanne. 'Dat geld is niet van u.'

'Hm,' zegt Bronkhorst. 'Goed. Er ligt geen portemonnee met een tientje, maar er ligt een krant. Gewoon een dun krantje, een gratis krantje, een krantje van niks. Dat mag ik dan toch zeker wel meenemen, hè, Bert?'

Robbert schudt zijn hoofd. 'Die spullen zijn van ons, meester.' Robbert kiest zijn woorden heel voorzichtig.

'Dus als ik je goed begrijp,' gaat Bronkhorst verder, 'maakt het niet uit of we het nu over een tientje hebben of over een krant?'

Het blijft stil.

Bronkhorst kraakt op zijn leren schoenen door de klas. Hij loopt helemaal naar achteren. De stijvebeen-schoen kraakt wat minder hard dan de andere. Dan houdt het gekraak op. Niemand durft om te kijken.

'Nou, Robbert, dan heb ik goed nieuws voor je. Je mag je tientje houden. En ook je krantje.'

Plotseling is daar het dreigende gekraak weer. Maar nu sneller. Het komt recht op Robbert af.

'Maar mijn proefwerk wil ik wel terug, Bert!' tettert het door de klas. 'Het proefwerk met alle antwoorden erop. Dat is van mij en van niemand anders. Dus ook niet van Bertje Brinkman.'

Meester Bronkhorst brult in Robberts oor. De jongen heeft een knalrood hoofd gekregen en kijkt strak voor zich uit naar zijn tafel. Iedereen houdt de adem in.

Waarom geeft Bronkhorst mij de schuld? denkt Robbert. Heeft hij misschien toch gezien dat ik dat blaadje had? Of ben ik gewoon weer de pineut, omdat ik Robbert ben?

Maar nog voordat Robbert iets kan verzinnen, steekt

Sanne haar vinger op.

'Meester?' zegt ze.

Als door een wesp gestoken draait Bronkhorst zich om.

'Meester,' probeert Sanne nog eens. 'Misschien bent u dat proefwerk gewoon even kwijt. Het ligt vast in een verkeerd laatje of zo...'

Nu kookt Bronkhorst van woede. Hij trekt wit weg. Nog witter dan het krijtje, dat hij in tweeën breekt.

'Dus juffrouw Van Dam denkt dat het slordigheid is. Ik ruim mijn spullen niet goed op!'

'Nee, meester. Dat bedoel ik niet,' zegt Sanne snel. Ook zij heeft nu een kleur gekregen. 'Maar het kan toch zijn dat het vandaag of morgen gewoon weer tevoorschijn komt. Dat heb ik ook wel eens gehad met een...'

'Dat jij dat wel eens gehad hebt,' klinkt het zo langzaam door de klas, dat je tussen elke twee woorden een pijnlijke stilte kunt voelen. 'Dat jij dat ooit in je leven een keer gehad hebt, wil helemaal niets over mijn proefwerk zeggen, jongedame. Laat dat duidelijk zijn. En nu wil ik weten wat Brinkman met mijn proefwerk gedaan heeft.'

En met die woorden draait Bronkhorst zich weer krakend naar Robbert.

Robbert wordt nog roder dan hij al was. Moet hij een smoes verzinnen? Alles opbiechten? Het hele verhaal, precies zoals het is gegaan?

Maar nog voordat Robbert iets kan zeggen, staat Sanne op van haar stoel. Ze schrikt er zelf van.

'Heeft u dan gezien dat Robbert het proefwerk gepakt heeft, meester?'

Nu ontploft Bronkhorst zowat. Hij lijkt zijn zo vertrouwde slachtoffer helemaal te vergeten. Als een tijger loopt hij op zijn nieuwe prooi af.

'Sanne van Dam,' sist hij.

Het meisje rilt van angst en zakt weer op haar stoel neer.

Meester Bronkhorst staat nu pal voor Sanne. De lok op zijn voorhoofd lijkt dreigender dan ooit.

'Vanavond wil ik een gesprek met je ouders. Over je brutale gedrag. Om zeven uur, hier in de klas. En jij, meisje... Jij komt netjes mee!'

Het plan

De ochtend verloopt verschrikkelijk. Bronkhorst is van slag, helemaal in de war. Na dat gedoe met Sanne zegt hij niets meer.

Hij pakt het rekenboek en schrijft op het bord: *vanaf blz. 32.* Dan kwakt hij het boek op zijn bureau en pakt zijn krant. Nijdig slaat hij de pagina's om. Hij scheurt ze zowat om.

Dup begint meteen te rekenen. Na bladzijde tweeëndertig komt drieëndertig. En bladzijde vierendertig en een stuk van vijfendertig maakt hij ook nog. Meer dan anderhalf uur lang zit de klas te rekenen. Doodstil. Alleen het gekras van pennen is te horen.

Dan gaat de zoemer.

'Sanne van Dam blijft binnen,' is het enige wat Bronkhorst zegt. Hij loopt naar de deuropening om iedereen naar buiten te kijken. Iedereen behalve Sanne. Stil blijft ze op haar plaats zitten...

Op het schoolplein gaan de meeste jongens voetballen. De meisjes staan in kleine groepjes druk te praten. Vanochtend wordt er niet gelachen.

Dup en Robbert zitten op een bankje bij de poort. Stil eet Dup een koek. Robbert slurpt zijn laatste beetje drinken op. Het lege pakje gooit hij met een boogje mooi in de prullenbak. Het juichen blijft vandaag achterwege. Geen zin in.

'Vanavond ga ik dat proefwerk uit het huis halen,' zegt Dup vastbesloten.

'Hoezo?' vraagt Robbert.

'Als ik het proefwerk heb, maak ik alles weer goed,' zegt Dup ernstig.

'Wat heeft dat voor zin? Het is te laat, Dup. Je kunt nu niet meer aankomen met dat proefwerk. En trouwens... Bronkhorst *denkt* alleen maar dat ik het heb. Hij weet het niet zeker. Anders had hij dat heus wel gezegd. Laat hem maar. Het maakt niks uit. Als hij het proefwerk terug heeft, verzint hij gewoon weer wat anders. Ik ben toch altijd de klos.'

'Dat kan wel zijn,' zegt Dup. 'Maar ik doe het niet alleen voor jou. Ik doe het ook voor Sanne. Ik regel de boel in een keer. Maar dan moet ik dat proefwerk wel hebben.'

'Ja, maar,' zegt Robbert. 'Stel dat je het hebt, wat ga je dan doen? Je kunt het toch niet gewoon aan Bronkhorst teruggeven?'

'Nee, tuurlijk niet. Ik leg het morgenvroeg gewoon ongemerkt op zijn bureau. Snel. Voordat hij in de klas is. Onder een boek of zo. Wedden dat Bronkhorst het binnen vijf minuten heeft gevonden. En dan steek ik mijn vinger op, om te zeggen dat Sanne toch gelijk had. En Bronkhorst gaat af als een gieter. Ga je mee vanavond?'

'Ik weet het niet,' aarzelt Robbert. 'De vorige keer...'

'Het hoeft niet,' zegt Dup meteen. 'Ik kan ook alleen gaan. Maakt niet uit.'

Robbert krabt op zijn hoofd. Hij is niet vergeten hoe bang hij laatst was. Dan haalt hij zijn schouders op.

'Geeft niks,' zegt Dup. 'Ik ga gewoon alleen. Niks aan de hand.'

'Sorry,' zegt Robbert met een dun stemmetje.

De zoemer gaat. De jongens springen op. Ze willen niet te laat binnen zijn.

'Hé, Dup. Ik ga toch mee,' roept Robbert dan. Hij knikt beslist. 'We gaan samen. Voor Sanne.'

Dup klopt Robbert op zijn schouder.

'Mooi!' zegt hij. 'Alles komt weer goed. Zul je zien.'
De twee jongens haasten zich het schoolgebouw in.
Op weg naar misschien wel de langste en stilste taalles
ooit.

Naar de Bramenstraat

Het is koud en het regent. Dup en Robbert lopen door de Bramenstraat. Ze zetten er goed de pas in. Het plan is duidelijk: naar het huis, snel naar de zolder, het proefwerk pakken en weer weg. Het klinkt simpel, maar dat is het niet. Dat weten ze nog wel van een paar dagen geleden. O, was het maar alvast voorbij... Ze zeggen niet veel. Dup schopt tegen steentjes. Dat doet hij altijd. Zeker als hij Flup uitlaat. Dan sprint het hondje achter elk wegstuiterend kiezeltje aan. Als Flup het ingehaald heeft, draait hij zich om. Kwispelend zet hij zijn voorpootje dan bovenop het steentje en blijft staan, tot Dup het volgende steentje wegschopt.

'Weet je het zeker?' vraagt Robbert opeens.

'Wat?'

'Dat we naar het huis gaan.'

'Natuurlijk,' zegt Dup. 'Waarom denk je dat we hier lopen? Wil je niet meer?'

'Jawel,' antwoordt Robbert. 'Ik wil het wel...'

'Dat komt goed uit,' zegt Dup, 'want we zijn er al. En voor je het weet zijn we alweer terug. Met het proefwerk.'

Hij kijkt goed om zich heen. Het is stil op straat. Niemand te zien. Gewoon een rustige maandagavond.

'Kom mee,' zegt Dup. 'Naar binnen.'

Voorzichtig duwt hij de voordeur open. De jongens glippen het huis in. Zachtjes trekt Robbert de deur dicht. Nu naar boven.

Het is schemerig binnen. Als volleerde inbrekers sluipen ze de wenteltrap op naar de eerste verdieping. Voorzichtig kijken ze waar ze hun voeten neerzetten. Halverwege de trap trekt Robbert Dup aan zijn broekspijp.

'Kijk uit,' fluistert Dup. 'Straks val ik. Wat is er?'

'Weet je zeker dat er niemand boven is?' De stem van Robbert trilt eigenaardig en zijn ogen zijn groot.

De jongens houden hun adem in. Ze spitsen hun oren, maar er is niets te horen. Voorzichtig klimmen ze verder. Langzamer en nog stiller.

Als ze eindelijk op de overloop zijn, zegt Robbert: 'Ik wil terug.' Hij staat te trillen op zijn benen en zijn gezicht is spierwit. 'Ik durf niet meer,' jammert hij. Hij slikt een traan weg.

'We gaan straks terug,' zegt Dup. 'Binnen de minuut.'

Robbert schudt zijn hoofd. 'Ik ga nu. Ik wil naar huis,' klaagt hij. Hij draait zich om en zoekt steun bij de trapleuning.

'Ik niet,' zegt Dup beslist. Hij zet zijn voet op de zoldertrap. 'Ik moet dat proefwerk hebben. Wacht buiten maar op me. Ik ben er zo.'

Robbert zucht opgelucht.

'Wacht,' zegt Dup opeens. 'Luister.'

In de bijna stille straat klinkt het geluid van een auto. Een auto die niet veel later recht voor de deur stopt. Twee portieren slaan dicht. Voetstappen op het pad. Het pad dat leidt naar de voordeur van Bramenstraat 57.

Wat nu? Het is te laat om te ontsnappen. Naar beneden gaan, zou het domste zijn wat je kunt bedenken.

'Snel,' fluistert Dup. Hij trekt Robbert aan zijn mouw een slaapkamer in. Zacht en snel sluit hij de deur. 'Hier is het veilig.'

Beneden slaat de voordeur met een knal dicht.

Robbert heeft het druk met zichzelf. Hij stopt zijn vingers in zijn oren en knijpt zijn ogen stijf dicht. Hij wil niets horen en niets zien. Hij wil er niet eens zijn. Dup drukt zijn oor tegen de deur. Hij wil juist alles horen. Twee paar voetstappen hebben de trap naar boven gevonden. De stappen klinken steeds duidelijker. Dan zijn ze op de overloop.

Dup kan zichzelf horen ademen. Hijgen bijna, alsof hij gerend heeft. Er spoken ook allerlei gedachten door zijn hoofd: als ze ons maar niet kunnen horen. En: waarom lopen ze eigenlijk niet gewoon door?

'Ik dacht dat ik wat hoorde,' klinkt een tamelijk hoge mannenstem.

Dat moet Jens zijn, denkt Dup. Een van die mannen, laatst uit dat bestelbusje.

De stem van Jens is zo duidelijk, dat het lijkt alsof hij vlak naast de jongens staat. En eigenlijk is dat ook zo. Tussen de overloop en de slaapkamer is alleen maar een dun stuk hout: een deur.

'Ben je gek,' zegt een tweede stem. 'Je ziet spoken.'

'Ik zie geen spoken,' roept Jens. 'Ik hoor ze! En het zijn geen spoken, want spoken bestaan niet, Jur. En nou even stil, ja?'

'Ratten,' zegt Jurgen. 'Het zijn vast ratten. Kom, we gaan naar boven.'

Tot zijn opluchting hoort Dup de treden naar de zolder kraken. Ze gaan gelukkig verder naar boven.

Als het gekraak stopt, horen de jongens een zacht gemorrel. Een sleutel in een slot.

'De kist,' fluistert Dup zo zacht mogelijk.

Robbert, die zijn ogen en oren inmiddels weer open heeft, houdt geschrokken zijn wijsvinger voor zijn mond. Hij schudt zijn hoofd.

'Nou, schiet op,' horen ze de hoge stem op zolder zeggen. Het klinkt een stuk zachter dan daarnet. 'Leg in.'

Een zacht plofgeluid vult de zolderverdieping. De jongens kijken elkaar vragend aan. Stevig drukken ze hun oren tegen de deur. Ze willen niets missen.

'Hé?' zegt Jens. 'Waar is die tekening? Die had jij toch?'

'Die moet gewoon in de kist liggen.'

De jongens horen een hoop gestommel.

'Nee, hier ligt hij niet,' klinkt het deze keer wel heel erg hoog. 'Het is toch ongelofelijk. Je vraagt hem iets te bewaren en wat denk je? Kwijt! Weet je wel hoe belangrijk die tekening is?'

'Ach,' sputtert Jurgen tegen. 'Gewoon een bouwtekening van een huis.'

'Denk eens na! Het is de bouwtekening van dit huis.

Met ook nog eens een speciale aanwijzing erop.'

'We hebben die tekening toch niet meer nodig. Alsof we niet weten waar die kist staat,' zegt Jurgen.

Dup en Robbert kijken elkaar aan.

'Sukkel,' piept Jens. 'Daar gaat het toch niet om! Nooit gehoord van sporen uitwissen? En bovendien hoeft niet iedereen te weten waar onze opslag is.'

Met een knal ploft het deksel van de kist dicht.

'Misschien is hij er wel naast gevallen. Weggewaaid of zo,' probeert Jurgen.

Even blijft het stil. Eventjes maar.

'Ja,' kreunt Jurgen. 'Dat dacht ik al. Ik voel 'm.'

Plotseling krijgt Dup het heel warm. Robbert heeft het ook meteen door.

'Wat is dat?' roept Jens. 'Dat is geen bouwtekening!'

'Nee, eh... Biologie. Proefwerk, les twee,' zegt Jurgen droog.

'O ja! Leuk, een proefwerk. En? Heb je het goed geleerd? Ik weet niet of je het snapt, maar ik moet die bouwtekening hebben, Jurgen.'

Weer blijft het even stil. Dan horen ze Jurgen weer.

'Nee, die ligt er niet.'

'Nu zijn we erbij,' fluistert Robbert. 'Kom, Dup. We

gaan. Rennen.'

'Nee!' sist Dup. 'Die trap kraakt als een gek. En trouwens, als we de deur opendoen, dan horen ze ons meteen. Ze halen ons zo in. We blijven gewoon waar we zijn.'

Jens heeft inmiddels zijn gedachten op een rij. 'Wacht eens. Als die tekening er niet is, en dat stomme proefwerk is er wel, dan heeft degene van wie dat proefwerk is, misschien wel onze tekening. En die weet dan weer net iets te veel...'

'Zou je denken?' vraagt Jurgen.

'Wat denk je zelf? Weet jij het soms beter?'

'Nou, nee,' aarzelt Jurgen. 'En wat doen we nu?'

'Eerst geef je dat proefwerk netjes hier, want jij raakt alles kwijt. En dan gaan we samen even naar de professor.'

Het hangslot knipt dicht.

Voetstappen dalen de trap af.

Dup en Robbert houden hun adem in. Dup heeft de klink vastgepakt. Die trekt hij stevig omhoog. De mannen mogen niet binnenkomen.

Het gekraak komt dichterbij. Jens en Jurgen zijn bijna op de overloop. Als ze het huis doorzoeken, zijn de jongens er gloeiend bij.

De zenuwen gieren door Dups lijf. Alsjeblieft, denkt hij. Laat ze doorlopen.

Weer blijft het stil op de overloop. Net als daarstraks. De seconden duren uren. Maar dan horen ze toch echt het gekraak van de trap naar beneden.

Onhoorbaar zuchten de jongens. Maar helemaal gerust zijn ze er nog niet op. Pas als het gekraak stopt en de voordeur dichtvalt, durven ze zich weer te bewegen.

Snel loopt Dup naar het slaapkamerraam toe. Daar beneden lopen de mannen op het tuinpad, achter elkaar. De voorste is een lange, magere kerel. Dat is Jens, denkt Dup. Jurgen sjokt erachteraan. Ze dragen blauwe overalls en hebben petjes op. Daardoor kan Dup hun gezichten niet goed zien. Ze lopen naar hun blauwe auto. Op de zijkant staat in grote gele letters: *Elektra, water en gas. VAN DER PLAS.*

Jens start de motor. Dan scheurt de auto weg. De straat uit.

Lege handen

Dup en Robbert lopen de hoek van de Kersenstraat om. Het huis is nu niet meer te zien. Ze lopen nog sneller dan daarstraks.

Dup voelt zich rot. Niet vanwege het gebonk van zijn hart en de angst in zijn keel, maar omdat hij Sanne nu niet kan helpen. Ze zijn helemaal voor niks gegaan. Maar toch is er iets wat Dup niet los kan laten...

'Hé, Robbert,' zegt hij. 'Weet je wat ik denk?'

'Tuurlijk niet,' zegt Robbert.

'Toen we net in de slaapkamer waren, hè,' begint Dup, 'en die Van der Plasmannen op zolder waren, hebben ze de kist toch opengemaakt, niet?'

Ja, knikt Robbert. 'En ze hebben er ook nog wat inge-gooid.'

'Klopt,' gaat Dup verder. 'Ik vraag me af wat dat zou kunnen zijn geweest. Vast geen gereedschap.'

Het maakt Robbert allemaal niks uit. 'Waarom wil je dat weten? Het belangrijkste is dat we daar veilig weg zijn en dat we er nooit meer naar teruggaan. Toch,

Dup?' klinkt het aarzelend.

'Ik wil weten wat er in die kist ligt,' zegt Dup. 'Ze zeiden dat het hun opslag was. Dat klinkt niet fris als je het mij vraagt.'

'Maar ik vraag het je niet,' zegt Robbert. 'En ik wil die mannen nooit meer zien.'

Even blijft het stil. Dup probeert alles op een rijtje te zetten.

'Eigenlijk niet eens zo gek, hè,' zegt hij dan. 'Die kerels waren die bouwtekening toch kwijt? Logisch, want die heb jij nog!'

Robbert krijgt een rood hoofd. Daar had hij door de spanning helemaal nog niet aan gedacht. Hij knikt. 'Thuis, in mijn bureau.'

'Goed. Die moeten we dan maar eens heel goed gaan bekijken. Die piepstem zei iets over sporen uitwissen. En dat had met die bouwtekening te maken.'

'Ja, met dat kruisje,' zegt Robbert. 'Maar dat kruisje hebben wij allang gezien. Nee, we gaan lekker naar huis, Dup. En we hebben het er nooit meer over.'

Maar het blijft door Dups hoofd spoken. Er is iets vreemds aan de hand. En daar moet hij het fijne van weten. Met of zonder Robbert.

Het proefwerk

Als Dup en Robbert de volgende ochtend het schoolplein oplopen, staat de rest van de klas bij het klimrek
en Sanne in hun midden, met rode ogen. Jessie slaat
een arm om haar heen. Dup kijkt Pim vragend aan.
Pim weet altijd alles.

'Sanne,' zegt hij zachtjes. 'Er is ingebroken bij Sanne.
Gisteren, toen ze op school was.'

''s Avonds?' vraagt Dup.

Pim knikt. 'Ze moest toch met haar ouders bij Bronkhorst komen. Nou, toen is het gebeurd.'

'Wat erg,' zegt Dup. Even moet hij terugdenken aan
vorige week, toen er bij Frans was ingebroken. Wat
vreselijk toch als er zomaar vreemde mensen je huis
binnendringen en je spullen meenemen.

'En?' vraagt Dup.

'Of er iets gestolen is?' vraagt Pim. 'Ja, sieraden en een
heleboel geld.'

'Heb jij niks gehoord? Iets gezien misschien?' vraagt
Dup.

Pim woont dan wel naast Sanne, maar hij heeft er helemaal niets van gemerkt. Ze moeten heel stil te werk zijn gegaan.

Dan roept de zoemer de kinderen streng binnen. De meesten rennen naar de uitnodigend openstaande deuren, maar de klas van Dup slentert er in een lange, sombere sliert naartoe.

Bronkhorst komt met zijn krantje de klas binnenwandelen. Vanochtend is hij opvallend opgeruimd. Bijna vrolijk. Heel vreemd ziet dat eruit.

'Goedemorgen, jongelui.'

'Goedemorgen, meester.' Het klinkt als een saai liedje.

Bronkhorst legt zijn krant op het bureau. 'Jullie zullen wel willen weten wat ik gisteren opgeduikeld heb,' zegt hij met een brede grijns.

Niemand zegt natuurlijk wat terug. Dat hoort zo bij Bronkhorst. Uit de binnenzak van zijn jasje haalt hij een slordig opgevouwen blad. Langzaam vouwt Bronkhorst het open. Dup herkent het meteen. Hij krijgt een kleur.

'Het proefwerk waar ik gisteren zo lang naar heb gezocht...' Meteen kijkt hij naar Robbert. Als een havik. Maar Robbert is op de een of andere manier niet onder de indruk. Hij steekt zijn vinger op.

Bronkhorst fronst zijn wenkbrauwen.

'Dus ik had het niet, hè meester,' zegt Robbert stoer.

'Dat heb ik niet gezegd,' antwoordt Bronkhorst. 'Ik zal het trouwens nog wel haarfijn uitzoeken. Maar dat komt later wel. Eerst gaan jullie me eens laten zien wat je allemaal geleerd hebt over biologie.'

Bronkhorst loopt een paar stappen in de richting van Robbert. Op een meter afstand blijft hij glimlachend staan en kijkt de jongen recht in de ogen.

'Ik ben benieuwd of Brinkman het niet te goed heeft geleerd.'

Dup is verbaasd. Hoe is Bronkhorst aan dat proefwerk gekomen? Of zou hij gewoon staan bluffen en een ander antwoordblad hebben gemaakt? Of... Nee, dat kan niet. Bronkhorst kan toch niet het echte proefwerk hebben? Dat hebben Jens en Jurgen toch?

De proefwerken zijn uitgedeeld. De pennen krassen. Hier en daar klinkt een flinke zucht. Dup moest ook maar eens beginnen. Biologie is nu even belangrijker. En Robbert... Robbert kent alle vragen van het proefwerk op zijn duimpje. Van de reptielen tot aan de bosdieren. Van de trekvogels en de standvogels. Alles heeft hij op zijn speciale manier kunnen leren... Maar nu hij het blaadje met al die bekende vragen voor zijn neus ziet liggen, durft hij de al even bekende antwoorden niet op te schrijven. Als hij zijn proefwerk goed maakt, weet Bronkhorst meteen dat Robbert het antwoordblad gehad heeft.

Van ellende maakt Robbert de ene fout na de andere. Expres nog wel! Af en toe een goed antwoord, maar dan toch maar weer even iets een beetje fout. Robbert zwoegt en ploetert en twijfelt. Doet hij het zo wel fout genoeg?

Langs hem heen lopen er al wat kinderen naar voren, met hun blaadjes in de hand. Die zijn al klaar. Robbert zucht.

'Nog vijf minuten,' zegt Bronkhorst hard.

Robbert schrikt. Hij is pas bij vraag vier. Hij moet er nog zes! Dat haalt hij nooit.

'Zo,' zegt Bronkhorst als hij het proefwerk even later van Robberts tafel grist. 'Dat ziet er vertrouwd leeg uit.'

De proefwerken verdwijnen meteen in de bruine tas naast het bureau.

'En nu iets leuks, jongelui.' Bronkhorst wrijft in zijn

handen. Het schurende geluid vult de doodstille klas.

'Rekenen. En je mag je boek in je laatje laten liggen. Vandaag krijgen jullie een heel speciale les.'

Als de kinderen niet beter wisten, zouden ze nu blij verrast zijn. In plaats daarvan wachten ze onrustig af wat er gaat komen.

'De plattegrond,' zegt Bronkhorst. 'Daar gaan we het vandaag eens over hebben. We weten allemaal wel wat een plattegrond is, hè? Dup, jij eerst.'

'Je hebt een plattegrond van een stad. Daar zie je allemaal straten op,' weet Dup. 'Zo'n ding zie je soms langs de weg.'

Bronkhorst knikt. 'Pim,' zegt hij dan. 'Weet jij nog wat?'

'Je hebt ook een plattegrond van een groot gebouw. Dan weet iedereen waar hij moet zijn.'

'Goed,' zegt Bronkhorst tevreden. 'Hé, dat doet me ineens denken aan het bouwen van een huis. Dan gebruik je toch ook een soort plattegrond? Hoe noem je zoiets ook alweer?'

Verschillende vingers gaan de lucht in.

Jessie mag het zeggen: 'Een bouwtekening, meester.'

Dup krijgt het meteen weer warm. Een bouwtekening?! Hoe komt Bronkhorst erbij om juist vandaag over een bouwtekening te beginnen?

'Wie heeft er wel eens een bouwtekening gezien?' vraagt de meester met een gemaakte glimlach.

Alle vingers gaan braaf de lucht in.

'Mooi,' zegt Bronkhorst. 'Maar het zou nog mooier zijn, als we hier in de klas een echte bouwtekening zouden hebben. Dan konden we die eens goed gaan bekijken. Wie van jullie heeft er toevallig zo'n tekening thuis?'

Dup kijkt de klas rond. Een paar twijfelende vingers gaan omhoog. En dan... steekt ook Robbert zijn vinger op.

Het is niet te geloven! Hoe kan hij zo'n sukkel zijn? Snapt hij er dan helemaal niks van? Bronkhorst is op oorlogspad. Eerst begint hij over dat teruggevonden proefwerk en nu wil hij een bouwtekening hebben. Dat kan toch geen toeval zijn. Bronkhorst heeft wat met Jens en Jurgen te maken. En nu gaat Robbert als een onnozele hals die tekening aan Bronkhorst geven.

Meteen geeft Dup Robbert een schop onder tafel.

'Au!' roept Robbert.

'Is er iets?' vraagt Bronkhorst. Hij draait zich in de

richting van Robbert. 'Wil jij vanmiddag een bouwtekening meenemen, jongen?'

Robbert wrijft over zijn scheen. Hij kijkt Dup boos aan.

Dup kijkt streng terug en schudt heel voorzichtig met zijn hoofd.

'Hallo, Brinkman. Ik vroeg iets,' klinkt het meteen een stuk onvriendelijker. 'Jij brengt een bouwtekening mee naar school?'

Dan begrijpt Robbert ook wat er aan de hand is. De bouwtekening! Het proefwerk!

'Breng hem vanmiddag maar gewoon mee, Brinkman. Dan doe je in ieder geval nog iets goed vandaag,' grijnst Bronkhorst.

'Nee, meester. Dat kan niet,' zegt Robbert vlug. Hoe moet hij zich hier nou uit redden?

'En je steekt je vinger op. Wat is dat voor flauwekul?'

'Eh... ik was vergeten dat we die niet meer hebben, meester. Opgeruimd! Mijn moeder heeft vorige week een heleboel oude spullen weggedaan. Daar zat die tekening ook bij. Dat was ik even vergeten.'

Meester Bronkhorst kijkt de lange jongen strak aan. Hij gelooft er niets van. Dat zie je zo. 'Misschien moet ik jouw moeder maar eens bellen om te vragen of dat wel waar is,' klinkt het dreigend.

De kinderen houden hun adem in. Wat wil die man? zie je ze denken.

'Ik heb trouwens al langer het gevoel dat ik je ouders maar eens moet gaan spreken,' zegt Bronkhorst dan.

Robbert krijgt een brok in zijn keel. Maar hij laat niets merken. Dat mag ook niet. Als Bronkhorst ook maar één spoor van onzekerheid of ongemak op Robberts gezicht ontdekt, dan is hij de pineut.

En dan gebeurt er iets onverwachts. Bronkhorst draait zich om. Hij kijkt Sanne aan en zegt: 'Anders breng jij vanmiddag maar een bouwtekening mee, Sanne. Die hebben jullie vast nog wel ergens liggen. Jullie huis is toch pas nieuw, hè?'

Sanne trekt wit weg. Meteen denkt ze weer aan die ontzettende rotzooi die ze gisteravond aantroffen toen ze thuiskwamen na dat vervelende gesprek met Bronkhorst. Alle stoelen omgegooid, de tafel in een hoek, de laatjes uit de kasten getrokken en wat erin zat, lag in een grote berg midden op de vloer. En juist nu wil Bronkhorst een bouwtekening van haar hebben. Even kan ze niets zeggen.

'Ik breng wel een bouwtekening mee,' zegt Pim. 'Mijn pa heeft er nog wel een van de school.'

'O, heeft jouw pa er nog een van de school?' zegt Bronkhorst Pim na. 'Dat is toevallig.'

'Ja,' zegt Pim. 'En die mag u best even lenen, hoor. Ik breng hem vanmiddag wel mee.'

En zonder dat Pim het weet, heeft hij niet alleen Sanne en Robbert een dienst bewezen, maar ook Dup. Want als Bronkhorst de bouwtekening van Pim mag gebruiken, dan kan Dup die van Robbert gaan bekijken. Liefst vandaag nog...

De foto

'Ik ben even naar mijn kamer,' zegt Dup tegen zijn moeder. 'Huiswerk maken.'

Als je zegt dat je huiswerk gaat maken, kom je overal onderuit. Even een boodschap doen, je kamer opruimen, helpen met afwassen... Kan niet; ik heb huiswerk. Fantastische uitvinding, vindt Dup, dat huiswerk. Behalve als het echt is. Gelukkig is het nu maar een heel klein beetje echt.

Heeft Bronkhorst zelf niet gezegd dat ze het zouden gaan hebben over de plattegrond? En wat Dup nu gaat doen, heeft daar alles mee te maken.

Hij heeft nog lang zitten piekeren over de dingen waar hij vandaag is achtergekomen. Vreemde, onverwachte en soms onbegrijpelijke dingen.

Hoe het kan dat Bronkhorst het proefwerk weer terug heeft, is misschien nog wel de gemakkelijkste vraag. Dat moet hij van Jens en Jurgen gekregen hebben. Maar als hij dat proefwerk van hen heeft gekregen, dan weet hij vast ook dat zij dat proefwerk in het huis hebben gevonden. En dan weet Bronkhorst dus ook dat er kinderen uit zijn klas in het huis zijn geweest. En dan denkt hij meteen dat dat Robbert is...

Dups hersenen malen maar door. Wat voeren Jens en Jurgen eigenlijk precies in het schild? En wat ligt er in die kist in de Bramenstraat?

Dup wordt er gek van. Hij heeft een hoofd vol vragen. Ze stuiteren in zijn hoofd. Van links naar rechts. Van onder naar boven. Vragen, vragen, vragen... Het houdt maar niet op.

Maar die ene vraag stuitert het hardst. Die ene vraag waar Dup vanavond een antwoord op hoopt te krijgen. Wat is er aan de hand met die bouwtekening? Als hij dat weet, weet hij misschien ook meteen waarom Bronkhorst die zo graag wilde hebben. En ook waarom Jens boos was op Jurgen. Sporen uitwissen, had hij gezegd. Het had met die tekening te maken. Dat is zeker.

Met tegenzin heeft Robbert hem vanmiddag aan Dup gegeven. En nu ligt de tekening voor Dups neus. Tijd voor een onderzoek. Bovenaan ziet hij een schets van de voor- en de achterkant van het huis. Mooi met boompjes en struiken erbij getekend. En natuurlijk ook de berging in de achtertuin. Eronder wordt het interessanter. Daar staan drie plattegronden: de benedenverdieping, de eerste etage en de zolder.

Dups ogen speuren eerst de benedenverdieping af. Ook de voortuin, de achtertuin en de berging. Niets bijzonders: streepjes, rondjes, getalletjes. Verder ziet Dup precies waar de riolering ligt en waar de stopcontacten komen.

Ook in de slaapkamers en de badkamer is niets vreemds te ontdekken. Gewoon een plattegrond van een huis. Alleen op de zolder staat dat kruisje: de kist. Maar ja, dat wist Dup al. Zou er dan niets anders te ontdekken zijn?

Dup wrijft in zijn ogen en knijpt ze tot spleetjes.

Het bureaulampje gaat aan. Een wijde cirkel licht valt over de tekening. Dat is beter.

Opnieuw buigt Dup zich naar voren. Wat is er toch zo bijzonder aan? Dan bedenkt hij iets: de achterkant! Misschien is er daar wel wat te zien.

Snel draait Dup het enorme vel om. Maar, nee hoor. Niets.

Teleurgesteld vouwt Dup de tekening weer dicht. Waarom is dat opvouwen toch altijd zo ingewikkeld, denk hij. Net als bij een wegenkaart. Krijg dat maar voor elkaar als je in de auto zit. Die vouwen zitten altijd precies de verkeerde kant op. Waarom doen ze het ook nooit zoals Dup het wil?

Andersom dan maar. En nu zo! Maar dan stopt Dup plotseling. Wat is dat? Dup glijdt met zijn ogen opnieuw over de achterkant van de tekening. En ook met zijn vingers... Dan ontdekt hij het. Het is niet zo vreemd dat hij niets zag. Je kunt namelijk niets zien, je kunt het alleen maar voelen. Hier *is* niets op geschreven. Er *was* iets op geschreven. Nu is het uitgegumd.

Sporen uitwissen, schiet het meteen door Dups hoofd. Dit is een kwestie van sporen uitwissen.

Hij houdt de tekening vlak onder de lamp. Een beetje scheef, zodat licht en schaduw hun werk kunnen doen. Dup lijkt wel een echte rechercheur.

Het is heel moeilijk te zien wat er heeft gestaan. Twee woorden lijken het wel. Een lang en een kort woord. Maar hoe Dup zijn ogen ook inspant, hij kan de woorden niet ontcijferen. Niet eens een enkele letter kan hij lezen.

Dup legt de bouwtekening voor zich neer. Er moet

een manier zijn om het beter te kunnen zien, denkt hij. Had ik maar een vergrootglas. Maar met een vergrootglas zie je het alleen groter, niet duidelijker.

Dan krijgt Dup een briljante inval. Een foto! Hij zal er een foto van maken.

Snel rent hij zijn kamer uit, de bloemkoollucht tegemoet.

'Hé, uitkijken', roept zijn moeder. 'Straks val je nog.'

'Sorry, mam! Mag ik jouw camera alsjeblieft even lenen?' vraagt Dup dan zo lief mogelijk. 'Ik moet een foto maken voor Bronk... voor meester Bronkhorst. Ik zal heel voorzichtig zijn.'

'Is dat tegenwoordig huiswerk?' vraagt moeder. 'Dat ben ik van jouw meester niet gewend. Waar zijn die proefwerken en die rekenbladen gebleven?'

'O, die krijgen we nog genoeg. Die vergeet hij heus niet. Mag het?'

'Is goed, Dup. Maar wel voorzichtig, hè. Het is een dure.'

Even later hangt Dup stil boven de bouwtekening. Hij richt de lens precies op het uitgegumde stukje tekst. Dat moet hij hebben. En nu heel stil houden, die camera. Anders wordt de foto niet scherp.

KLIK!

Dat is één.

KLIK! KLIK! KLIK!

Dup maakt de ene foto na de andere. Hij probeert allerlei knopjes uit. Met flits, zonder flits. Goed zo! Daar moet vast een goede tussen zitten.

Dup steekt het kaartje van de camera in de computer. Even later ziet hij de foto's al op het beeldscherm.

Oei, Dup is nog lang geen fotograaf. De meeste foto's zijn wazig of helemaal wit. Nog witter dan wit zelfs. Daar is niets op te zien. Maar op één foto, een vrij donkere, ziet hij wel wat. Die moet hij hebben.

Dup prutst wat met de kleuren op de computer. Misschien moet het ook nog wat donkerder? Ja, nu worden de letters wat duidelijker.

Staat daar een r? En daarnaast een o?

Nog wat schuift Dup met de schuifbalkjes op het scherm. Het wordt nog wat duidelijker. Wat hij ziet, begint al flink op een woord te lijken: *Roze...* Dup krijgt het er warm van.

Jammer genoeg is de rest van het woord niet duidelijker te krijgen.

Dan dat tweede woord maar. Dat is wat beter te zien.

Het korte woord heeft maar drie letters. Is die eerste een l? En die laatste misschien een z? Nee, dat kan niet. Welk woord begint er nou met een l en eindigt op een z?

Maar dan ziet Dup het. Het is geen woord, het is een getal. En die l is dus geen l; het is een één. En die z is een twee! Nu ziet hij het duidelijk. Er staat 132. En voor dat getal staat *Roze*, met nog een paar letters erachter.

Dup tuurt naar de puzzel. Roze... 132. Dat lijkt wel een adres, denkt hij. Het moet haast wel een adres zijn.

'Nee!' roept hij dan keihard. Zijn hart bonkt in zijn keel.

'Is er iets?' roept moeder vanuit de woonkamer . 'Er is toch niks met mijn camera?'

'Nee,' roept Dup snel terug. 'Niks aan de hand. Alles goed!'

Maar alles is helemaal niet goed, weet Dup. En dan fluistert hij: 'Rozenstraat 132.' Alsof hij het nog niet kan geloven. Hij wil het niet geloven. Dup kijkt nog eens goed, maar het staat er toch echt.

Zijn ogen gaan van het scherm naar de bouwtekening

op zijn bureau. Het opgewonden gevoel is verdwenen. Er ligt nu een kille, zware steen op zijn maag. En vreemd is dat niet, want Dup weet precies wie er in de Rozenstraat woont, op nummer 132.

Een drie!

'Jessie van Dalen, een zeven. Pim Glastra, acht en een half. Dup Doeve ook een zeven en ten slotte onze goede vriend, Bertje Brinkman,' zegt meester Bronkhorst triomfantelijk.

Hij kijkt Robbert aan. De onprettige gewoonte van Bronkhorst om alle punten gewoon door de klas te roepen, heeft Robbert nooit leuk gevonden. Maar nu hij het proefwerk van gisteren zo verprutst heeft, vindt hij het nog ellendiger.

'Een drie!' klinkt het loeihard. Alsof de buren het ook moeten kunnen horen. 'Drie vragen goed. Het slechtste punt van de klas. Knap, hoor!'

Robbert zucht.

'Een werkelijk fantastische prestatie heb je geleverd, Robbertje. En als ik me niet vergis – en waarom zou ik me vergissen? – doe je dit leerjaar al voor de tweede keer. Weet je misschien nog wat je vorig jaar voor cijfer had? Een twee? Dan ga je lekker vooruit. Goed gedaan, Brinkman.'

Robbert staart naar zijn tafel. Hoe kon hij toch zo stom zijn? Als hij het proefwerk van tevoren niet zou hebben bekeken, dan had hij minstens een vijf gehaald. Zo moeilijk was het nou ook weer niet. En nu heeft hij een drie!

'Weet je wat me een goed idee lijkt, Brinkman?' gaat Bronkhorst verder. 'We gaan daar eens een gezellig babbeltje over maken. Morgenavond. Jij, ik... en je ouders. Om zeven uur precies! Dan ga jij het ons allemaal eens fijn uitleggen, Brinkman. En dan kun je meteen ook vertellen hoe je de rest van het schooljaar denkt af te gaan maken.'

Nog nooit is het zo stil geweest in de klas. Nog nooit is Bronkhorst ook zo rustig geweest, terwijl hij van binnen toch moet koken. En nog nooit is Robbert zo bang geweest. Hij heeft er geen idee van wat hem boven het hoofd hangt. En dat is misschien maar beter ook...

Rozenstraat 132

Voor het donker thuis. Dat heeft Dup zijn moeder be-
loofd. Dan heeft hij nog maar een uurtje. Daarom
stapt hij zo door. Het hoekje om, de Rozenstraat in.
Even later duwt Dup op de bel van nummer 132.
Natuurlijk hoort hij meteen de bekende blaf van Flup.
Voetstappen in de hal. 'Ik kom, ik kom!'
Als de deur openzwaait, verschijnt er een brede grijns
op het ongeschoren gezicht van Frans. 'Hé Dup, moet
jij nog niet naar bed? Weet je wel hoe laat het is?' lacht
hij. 'Kom binnen en struikel niet over Fluppie.'
Het hondje loopt rappe rondjes om Dup heen. Tel-
kens als hij een aai over zijn kopje krijgt, kwispelt hij
wat sneller met zijn staartje. Ja, Flup is ook blij dat
Dup er is.
'Koffie, bier?' vraagt Frans. 'Of limonade?'
Aan de keukentafel, met een glas voor zijn neus, steekt
Dup meteen van wal.
'Kun je me helpen, Frans?'
De man fronst zijn wenkbrauwen, maar Dup gaat

meteen verder. 'Ik begrijp er helemaal niks meer van. Ik weet niet meer wat ik moet doen.'

Als het daarna stil blijft, zegt Frans: 'En ik snap er al helemaal niks van, Dup. Vertel eerst maar eens wat je niet begrijpt. Dan weet ik straks misschien wel wat je moet doen. Oké?'

Dup begint te vertellen. Vanaf het begin. Over die eerste keer dat hij met Robbert de bouwtekening in het huis bekeek. En dat er een heel bijzonder kruisje op staat. Dup vertelt ook dat Jens en Jurgen op de zolder iets in de kist hebben gelegd. Dat ze het hebben gehad over sporen uitwissen. En natuurlijk ook het hele verhaal van het proefwerk.

'En onze meester...' gaat Dup verder. Dan twijfelt hij. Kan hij dit eigenlijk wel zeggen? Het blijft stil.

'Onze meester...' zegt Frans. 'Wie is jullie meester?'

'Bronkhorst,' zegt Dup. 'Eh... meester Bronkhorst.'

'O, Bronkhorst,' zegt Frans. 'Die ken ik. Ik zag hem laatst lopen. Het leek wel alsof hij een wandelstok ingeslikt had.'

'Hij is uit de ringen gevallen,' verklaart Dup.

'Zo goed is hij dus niet meer,' zegt Frans. 'Maar wat is er dan met Bronkhorst?'

'Ik weet niet wat hij precies met al die eigenaardige dingen te maken heeft,' zegt Dup. 'Maar hij *heeft* er wat mee te maken.'

'Waarom denk je dat?' wil Frans weten.

'Het komt door dat proefwerk,' zegt Dup. 'Hoe kan Bronkhorst anders aan dat proefwerk komen? Dat lag in het huis in de Bramenstraat. Die mannen van Van der Plas hebben het meegenomen. En daarna had Bronkhorst het ineens! Dat moeten ze wel aan onze meester gegeven hebben.'

De woorden *onze meester* klinken opeens raar. Dup vindt eigenlijk helemaal niet dat Bronkhorst *zijn meester* is. Zo voelt het in ieder geval helemaal niet.

'Ja, maar dat kan toch wel, Dup,' zegt Frans als hij even heeft nagedacht. 'Het hoeft toch niet meteen te betekenen dat Bronkhorst wat met die mannen te maken heeft. Die mannen vinden dat proefwerk. Die denken natuurlijk meteen aan school. En misschien kennen ze Bronkhorst wel van vroeger. Bijna iedereen kent Bronkhorst. Ze hebben het misschien gewoon in zijn brievenbus gestopt. Dat kan toch.'

'Mja,' twijfelt Dup. 'Maar...'

En dan schiet er ineens iets door zijn hoofd. Een snelle, schimmige gedachte. Was het niet die eerste keer in het huis – toen Jens en Jurgen er ook waren – dat er nog een derde man langskwam? Dup probeert zich nog iets van die man te herinneren. Wat weet hij nog? Niet veel, dat is zeker. Hij heeft hem niet gezien. Alleen gehoord. En wat hij zei, was niet te verstaan.

Even probeert Dup zich ook voor te stellen dat de stem die hij toen hoorde, die van Bronkhorst was. Maar ja, dat zou hij dan toch wel gehoord moeten hebben. Nee, Dup komt er niet uit. Het was allemaal te onduidelijk.

'Ik weet in ieder geval wel dat Bronkhorst zich heel vreemd gedraagt,' besluit Dup. 'Weet je wat hij deed?' Frans trekt een vraaggezicht.

'Hij heeft nog nooit een rekenles uit het boek overgeslagen. Hij slaat nooit lessen over. Maar gisteren mochten we onze rekenboeken in onze laatjes houden en zijn we gaan praten over de plattegrond. En hij vroeg aan Robbert of hij een bouwtekening mee kon nemen. Is dat dan niet vreemd? Hij wist gewoon dat Robbert die had.'

'Kan ook toeval zijn,' zegt Frans terwijl hij zijn schouders ophaalt.

Dup wordt er een beetje kriegelig van. Waarom gelooft Frans hem niet?

'En waarom staat jouw adres er dan op?' flapt Dup
eruit.

Frans verslikt zich in een slok koffie.

'Wat?' proest hij.

'Kijk,' zegt Dup. Hij laat Frans de tekening zien. En
ook de foto, netjes afgedrukt.

'Weet je wat ik denk?' zegt Dup dan. 'Ik denk dat die
Van der Plasmannen inbrekers zijn. En dat ze ook bij
jou hebben ingebroken. Daarom staat jouw adres op
die tekening. En bij Sanne hebben ze ook al ingebroken. Daarna zijn ze nog in de Bramenstraat geweest,
toen Robbert en ik er ook waren.'

En dan stopt Dup opeens. Hij krijgt het benauwd. 'Die
inbraak bij Sanne,' fluistert hij. 'Weet je wat er ook zo
typisch is? Sanne was met haar ouders op school toen
er werd ingebroken. Bij Bronkhorst. En morgen...'

'Nou,' zegt Frans ongeduldig. 'Wat is er morgen?'

'Morgenavond moet Robbert naar Bronkhorst, ook
samen met zijn ouders. Zou...?'

Dup durft de gedachte niet eens uit te spreken. Zouden die mannen van plan zijn om bij Robbert in te

breken als hij met zijn ouders bij Bronkhorst is? Zou dat het plan zijn? En zou Bronkhorst op die manier met Van der Plas te maken hebben?

'Het begint hoe langer hoe meer een politiezaakje te worden,' zegt Frans als Dup toch maar vertelt wat hij denkt.

'O nee. Ik ga niet naar de politie!' roept Dup snel.

'Hoeft ook niet,' zegt Frans. Hij aait Dups haren ruw door de war. 'Ik ga wel. Ik wilde toch al gaan om te vragen of ze al wat over die inbraak weten. Ik heb nog steeds niks gehoord. Ze zullen wel een beetje extra hulp kunnen gebruiken. Gratis en voor niks. En dan ben jij meteen ook van het hele gedoe af, Dup. Het komt allemaal goed. Je hoeft niks te doen. Frans regelt het helemaal: van inbraak tot arrestatie.'

Dup voelt een brok in zijn keel en een knoop in zijn maag. Het lijkt wel alsof hij alle gedachten, alle vragen en alle piekerdingen in een keer heeft doorgeslikt. Dup zucht. Ja, hij kan alle hulp gebruiken. Zeker die van Frans.

Een goede tip

De planten in de stenen bakken van het politiebureau kronkelen tot aan het plafond. Aan de muren hangen posters. Grote blauwe letters smeken haast: *Kom werken bij de politie.*

Frans moet achter in de gang zijn bij rechercheur Van Dijk, kamer 242. Op een harde houten bank gaat hij zitten. Nog meer posters. Deze zijn anders: kale, norse koppen. Onder die koppen staat welke beloning je krijgt voor een goede tip. De koppen staren hem boos aan. Waag het niet! lijken ze te denken.

Dan gaat de deur open. In de opening staat een blinkend kale agent met een half cirkeltje warrig haar rond zijn hoofd. Onder zijn neus prijkt een enorme snor.

'Van Dijk,' zegt hij. 'Recherche.'

'Frans,' zegt Frans. 'Meteropnemer.'

Van Dijk draait zich om, slentert naar zijn bureau en laat zich moeizaam op zijn stoel zakken.

Frans mag op een iets te klein kraakstoeltje zitten.

Het blijft een poosje stil. De agent bladert hoofd-schuddend in een map. Hij kucht een paar keer. 'Zeg het maar, meneer Frans,' besluit hij als hij klaar is.

'Ik kom even vragen hoe het met het onderzoek naar de inbraak gaat,' begint Frans.

'Datum, adres...' zucht Van Dijk.

'Vorige week dinsdag in de Rozenstraat 132,' antwoordt Frans vriendelijk.

Van Dijk klakt met zijn tong. Hij tikt wat toetsen van zijn computer in en kijkt verveeld naar het scherm. Hij schudt zijn hoofd. 'Dat dacht ik al. Een zaak van Van Zon, een collega. En ik zie hier – ja – dat het proces-verbaal nog niet klaar is. Dus...'

Weer blijft het stil.

'Dus?' vraagt Frans.

'Dus wachten we tot het proces-verbaal klaar is. Dan weten we precies wat er gebeurd is. En dan kunnen we actie ondernemen.'

'Aha! Actie ondernemen.' Frans wrijft in zijn handen. 'Inbrekers arresteren!'

'Nee, nee, nee,' sputtert rechercheur Van Dijk tegen. 'Zo gaat dat niet. Actie ondernemen wil zeggen dat u dan een nette brief van ons krijgt waarin staat wat er is gebeurd.'

'Maar ik weet precies wat er gebeurd is,' zegt Frans snel. 'Dat weet ik net zo goed als jullie. Wat zeg ik? Ik weet zelfs veel meer dan jullie!'

'Meer? Hoezo, meer?' Voor het eerst lijkt het of Van Dijk belangstelling heeft.

'Ik weet niet alleen wat over die inbraak bij mij. Ik weet ook een heleboel over die andere inbraken,' zegt Frans. 'Er zijn er toch heel wat gepleegd de laatste tijd? Nou, ik weet zeker dat er nog andere aankomen ook. En ik kan ook namen noemen.'

'Ho. Stop!' onderbreekt de agent. 'Dat gaat mij te snel. En veel te gemakkelijk. Over andere zaken dan de uwe mogen we geen mededeling doen. Dat zijn de regels.'

'Je hoeft me ook niks te vertellen over die andere in-braken,' zegt Frans ongeduldig. 'Maar misschien wil je wel weten wat *ik* weet. Bijvoorbeeld waar er vanavond wordt ingebroken. En door wie. Jullie willen toch zo graag tips. Nou, die kun je krijgen. En ik hoef er niet eens een beloning voor.'

Van Dijk kijkt op zijn horloge. Hij zucht en schudt het hoofd maar weer eens. 'Meneer Frans, het enige wat ik nu kan doen is bovenop de zaak gaan zitten. Maar nieuwe feiten aandragen, daarvoor moet u echt bij Van Zon zijn. Over een paar dagen is hij weer terug. Even een korte vakantie, snapt u wel. Wij hebben het ook niet gemakkelijk. Als u over een weekje nou eens terugkomt? Hier is zijn kaartje.'

Agent Van Dijk schuift het visitekaartje over het bureau naar Frans toe en tovert zijn sigaret te voorschijn. Hij tikt er een paar keer mee op zijn bureau. Van Dijk is klaar. Dat is duidelijk.

Inmiddels kookt Frans. 'Over een week terugkomen? Als er weer wat mensen bestolen zijn?' roept hij. 'Luister nou toch eens, Van Dijk. Wil je dan niet weten wie die inbrekers zijn?'

'Meneer Frans,' zucht de agent terwijl hij de deur opent. 'Als het allemaal zo gemakkelijk zou zijn, was iedereen wel rechercheur. Weet u, ik heb ook een goede tip: ga lekker naar huis. In de tussentijd zorgen wij er zo goed mogelijk voor, dat er niets gebeurt. Extra surveillance. Dat werkt. Wij zitten erbovenop. Echt.' De snor duwt Frans de deur uit.

Frans schudt zijn hoofd als hij tussen de norse koppen door de gang uit loopt. Naar huis. Wat een tip!

Dan maar zelf!

Dup loopt het slingerpad op naar de voordeur van Frans. Tijd om Flup uit te laten. Als hij de sleutel omdraait, blaft het hondje hard. Hij springt met vier pootjes tegelijk tegen de voordeur. Net als anders. Maar als de deur achter Dup dichtvalt, hoort hij het meteen. Voetstappen in de woonkamer. Dup schrikt. Dat zullen toch niet...

Hij denkt vliegensvlug na. Snel kijkt hij om zich heen. Uit de bak pakt hij een stevige paraplu. Meteen voelt hij zich een stuk veiliger.

De stappen komen dichterbij. De vloer kraakt. De deur zwaait open.

'Regent het?' lacht Frans.

Dup zucht opgelucht. 'Waarom ben je thuis?' vraagt hij.

'Ik ben vanochtend naar het politiebureau geweest en heb meteen de rest van de dag vrijgenomen.'

'Hoe was het?'

Frans vertelt het hele verhaal. Van de kale koppen, van

de snor die erbovenop zit en van die prachttip.

'Allemaal verloren tijd,' moppert Frans. 'We gaan het vanaf nu heel anders aanpakken. We zullen de politie eens laten zien hoe je zo'n zaakje oplost. Ik heb er vandaag eens goed over nagedacht. Maar ik moet nog een paar dingen van je weten, vent.'

Dup knikt.

'Om te beginnen: hoe laat gaat Robbert straks naar Bronkhorst toe?'

'Hij moet om zeven uur op school zijn,' antwoordt Dup.

'Mooi,' gaat Frans verder. 'Kun je vanavond dan om halfzeven bij mij zijn? Dan gaan we een blokje om.'

'Toch niet naar Robberts huis?' schrikt Dup. Hij weet niet of hij dat wel durft.

'Nee, nee, niet naar Robbert. We gaan naar het huis met de kist,' zegt Frans. 'Samen naar de Bramenstraat. Niks bijzonders. Gewoon even kijken. Ik wil zien of die Van der Plasmannen naar dat huis gaan. En misschien zien we Bronkhorst ook nog wel als hij is uitgekletst met Robbert. Dat zou helemaal mooi zijn.'

Opeens krijgt Dup het benauwd. Weer naar Jens en Jurgen toe. Hij moet er niet aan denken. Niet nu het steeds duidelijker wordt wat voor figuren dat zijn. En hij rilt al bij de gedachte aan Bronkhorst.

Maar ja, zo kan het natuurlijk ook niet doorgaan. De politie doet voorlopig niet veel. Dat heeft hij net gehoord. Ze moeten dus wel! En... Robbert is de volgende. Wie weet wie er daarna aan de beurt is? Nee, er moet iets gebeuren.

'Als je niet wilt of niet durft, dan doe je het niet,' zegt Frans dan. 'Even goeie vrienden. Dat geeft helemaal niks. Dan ga ik gewoon alleen. Ik ben al een grote jongen.' Hij slaat zich met beide handen op zijn bolle buik.

'Maar ik ook,' zegt Dup meteen. 'Ik ben ook een grote jongen. Ik ga met je mee.'

'Zeker weten?'

Dup knikt beslist. 'Zeker!'

Dan voelt hij de natte neus van Flup tegen zijn been. Grote donkere ogen kijken hem aan. Alsof hij zegt: 'Het komt allemaal goed, Dup. Geloof me maar. Mijn baasje zal goed voor je zorgen.'

Dup kijkt naar zijn kameraden. Ja, dit klusje zullen ze samen klaren. Maar helemaal gerust is hij er toch nog niet op.

Een prullenbak vol tekeningen

Met broekzakken vol oude sleutels lopen twee rammelende figuren die avond door de rustige Rozenstraat. Dup en Frans hopen dat er een goede bij zit.

'Wat heb je tegen je moeder gezegd?' vraagt Frans.

'Dat jij een oude kast op zolder niet open kon krijgen. Slim, hè?' zegt Dup. 'Het verhaal van de kist vertel ik wel een andere keer.'

Gek genoeg is Dup helemaal niet zenuwachtig. Met Frans erbij kan hem niets gebeuren. Ze lopen flink door. Je kunt beter te vroeg dan te laat zijn, zegt Dups moeder altijd. En daar heeft ze groot gelijk in.

Als Dup en Frans even later de Bramenstraat inlopen, vertragen ze hun pas. Ze geven hun ogen goed de kost. Er staan heel wat auto's geparkeerd. Netjes langs de kant, als een kleurrijk blikken lint. De auto van Van der Plas staat er niet bij.

'Daar is het huis.' Dup wijst naar de overkant.

'Hm,' mompelt Frans. Hij wrijft over zijn kin. Hij denkt na. 'Dan blijven we aan deze kant,' besluit hij.

Dup knikt. Het maakt hem niet uit. Hij blijft gewoon bij Frans. Dat is gemakkelijk.

Tegenover nummer zevenenvijftig staat een grote container met allerlei troep erin. Een berg puin en zand, vergane tuinplanten en een verroeste fiets zonder voorwiel.

'Ga zitten.' Frans wijst naar de bureaustoel die bovenop ligt. Het arme ding heeft maar één armleuning.

'Nee, dank je,' zegt Dup. 'Ik blijf lekker staan.

Frans kijkt op zijn horloge. 'Vijf voor zeven,' zegt hij.

'Hoe laat zouden ze komen?' vraagt Dup.

Frans haalt zijn schouders op. 'Als ze komen, dan duurt het niet zo lang meer, denk ik.'

Op dat moment ziet Dup een auto de straat in rijden. Hij stoot Frans aan. Ze bukken snel. Tussen de rommel door zien ze de auto dichterbij komen.

Het is een politieauto. Langzaam rijdt hij door de Bramenstraat. Met een fiets zou je hem gemakkelijk bij kunnen houden, zo rustig rijdt hij.

Dup en Frans duiken nog verder weg als de auto voorbij de container rijdt.

'Kijk,' zegt Frans.

Pas als de politieauto bijna de straat uit is, gaat Frans

verder. 'Dat was Van Dijk van het bureau, weet je wel. Die snor.'

'Hm,' zegt Dup. 'Dan zit hij er toch wel bovenop, hè.'

Frans haalt de schouders op. 'Misschien zit hij er wel helemaal naast. En wij ook. Ik zie voorlopig nog geen bestelbusje.'

Wel tien minuten gebeurt er helemaal niets in de Bramenstraat.

'We hadden misschien toch naar Robbert moeten gaan,' zegt Dup dan. 'Misschien komen ze hier helemaal niet naartoe. Dan zijn we nog net zo ver als gisteren.'

Frans schudt zijn hoofd. 'Ze zouden nooit bij Robbert inbreken als wij daar rondhingen. Ze kijken daar natuurlijk extra goed uit.'

'Het is toch geen ramp als ze daar niet zouden inbreken?' zegt Dup.

'Nee,' schudt Frans. 'Een ramp is het niet, maar als ze niets doen, dan kunnen we ze ook niet te grazen nemen. En wie weet wanneer ze dan in gaan breken. Misschien wel midden in de nacht. En dan zijn wij er niet. Nee, Dup, we pakken het meteen goed aan. We moeten geduld hebben. En misschien zien we Bronkhorst ook nog. Die moeten we ook pakken!'

Wat heeft Frans ineens? Die laatste zinnen komen er wel heel fel uit.

'Sorry,' zegt Frans meteen. 'Ik eh... Weet je wat het is? Ik heb gewoon een hekel aan Bronkhorst.'

Van verbazing valt Dups mond open. Zou Frans... Nee, dat kan niet, denkt Dup. Of toch? 'Heb jij...?' vraagt hij dan.

'Ja,' zegt Frans. 'Ik heb vroeger ook bij Bronkhorst in de klas gezeten. Brr. Ik heb nog nooit zo'n vreselijk jaar meegemaakt. Ik kon nooit wat goed doen bij Bronkhorst. Iedere dag had hij wel wat te mopperen en te klagen. En altijd had ik het gedaan.'

Dup moet meteen aan Robbert denken.

'Hij heeft zelfs een keer alle blaadjes uit mijn tekenschrift gescheurd. Het enige schrift waar ik trots op was. In één ruk. Hij smeet ze zo de prullenbak in. En het ergste was, die grijns op zijn gezicht, terwijl hij het deed. Die vergeet ik nooit meer. Nee, Dup, als Bronkhorst hier wat mee te maken heeft, dan pakken we hem.'

Dup slikt. Wat moet dat rot zijn geweest voor Frans. Langzaam dringt het tot hem door dat dit wel eens een heel lang en ellendig schooljaar kan gaan worden. Geen dag wordt meer hetzelfde. Geen les meer als in het begin van het jaar. Wat er nu allemaal gebeurt, maakt alles anders. Dit wordt een rampjaar.

Stil!

Inmiddels is er alweer een kwartier verstreken en nog is er niets te zien. Frans kijkt steeds links de straat in, Dup rechts. Als ze wat zien, geven ze elkaar een seintje. Dan duiken ze naar beneden tot de kust veilig is. Maar de avond valt. Het wordt steeds moeilijker om alles goed te kunnen zien.

Juist als Dup denkt dat ze helemaal voor niets zijn gekomen, draaien er in de verte twee koplampen de hoek om. Ronde lampen, wit licht. Dup stoot Frans aan.

De koplampen komen snel dichterbij. Het is een niet al te grote auto. Dat is hem, denkt Dup. Maar zeker weten doet hij het niet. Een bekende spanning verovert zijn buik weer.

De auto is nu vlakbij. Het is een bestelwagen. Een blauwe. De auto remt plotseling af. Net voor de container, alsof hij Dup de gele letters op de zijkant goed wil laten lezen. *Elektra, water en gas, Van der Plas.* Frans knikt. Hij heeft het ook gezien.

De portieren van de auto zwaaien open. Vier benen stappen uit. De mannen zeggen geen woord. Ze weten precies wat ze willen. Naar zevenenvijftig.

Vier ogen bespieden de mannen in de blauwe overalls.

Een van de mannen heeft iets in zijn handen. Het lijkt wel een zak, een bruine jutezak.

Voor ze binnenglippen, blijft Jens nog even met de klink in zijn handen staan en kijkt de straat in. Hij wil zeker weten dat niemand hen ziet.

Maar hij kijkt niet goed genoeg. Dup en Frans kijken elkaar aan en knikken. Ze zeggen niets. Dat is niet nodig. Allebei weten ze dat de Van der Plasmannen met de spullen van Robbert het huis zijn binnengegaan. Die willen ze natuurlijk in de kist verstoppen.

In het huis schijnt het flauwe licht van een zaklantaarn. Vanachter de container is het bewegende licht duidelijk door het zolderraampje te zien. En als je goed luistert – en dat doen Dup en Frans ook – dan kun je zelfs het openen van de kist horen. Heel zacht. En daarna een plof. De buit is binnen. Het licht zakt af naar de eerste verdieping en dan naar de begane grond. Dan wordt het weer donker in huis.

Dup en Frans maken zich kleiner dan klein. Frans houdt zijn wijsvinger voor zijn mond. Alsof Dup het in zijn hoofd zou halen om nu een liedje te gaan zingen!

De voordeur gaat open. De mannen komen met lege handen tevoorschijn. Ze kijken om zich heen, terwijl ze zich naar de auto haasten. Dan ronkt de motor en even later rijdt de bestelwagen de straat uit.

Pas als ze de hoek om zijn, komen Dup en Frans langzaam overeind.

Frans rammelt met zijn sleutels: 'Naar binnen...'

De kist

Het zou handiger geweest zijn als Dup en Frans ook een zaklamp bij zich hadden gehad. Je kunt wel merken dat ze geen echte inbrekers zijn.

Voorzichtig sluipen ze in het donker. Maar echt stil zijn ze niet. Hun broekzakken rammelen en de treden kraken. Gelukkig is er verder niemand in het huis.

Op de zoldervloer valt een vierkant licht van de straatverlichting.

'Hé, een extra dienst van de gemeente,' grapt Frans.

Jammer genoeg staat de kist in het donkerste hoekje. Ook als hun ogen wat gewend zijn aan het weinige licht, zien ze nog niet genoeg om met de sleutels aan de slag te gaan. Hoe kun je in het donker nou zien of die sleutels passen?

'Kunnen we de kist niet verschuiven?' Dup wijst naar het licht onder het dakraam.

Meteen krijgt Dup een stompje. Een goed plan dus. Als de kist even later in het licht staat en de sjouwers tevreden in de handen wrijven, kan het gepuzzel be-

111

ginnen.

Nauwkeurig bekijkt Frans het hangslot aan de kist.

'Jammer,' zegt hij. 'Kijk, Dup. Zie je dat?'

Dup buigt zich voorover. Hij spant zijn ogen in, maar ziet niets bijzonders. Een heel gewoon slot, dat is alles.

'Zie je dat pinnetje?' Frans wijst naar het slot. 'Als er in het slot een pinnetje zit, dan moet er in de sleutel een gaatje zitten. Anders past die sleutel natuurlijk niet. En de meeste sleutels hebben niet zo'n gaatje. Kom op, zoeken.'

Samen graaien ze in hun zakken. De sleutels worden stuk voor stuk bekeken. Als ze allemaal door hun handen zijn gegaan, blijven er maar drie over. Drie! Dat is niet veel. Maar er hoeft er maar eentje goed te zijn.

Met het puntje van zijn tong tussen de lippen probeert Dup de eerste. Hij steekt de sleutel in het slot. Dat gaat gelukkig goed. Maar als hij hem om wil draaien, lukt dat niet. De sleutel zit muurvast.

Frans probeert een tweede, koperen sleuteltje in het slot te steken. Maar hij krijgt het er niet eens in. Hoe hij ook wringt, het lukt niet. Veel te klein.

Nu is er nog maar één sleutel over.

'Hier,' zegt Frans. 'Probeer jij maar, Dup.'

Dup pakt de sleutel. Hij merkt dat zijn vingers trillen. Rustig, denkt hij. Er is niks aan de hand. Gewoon die sleutel erin en omdraaien.

Voorzichtig steekt Dup de sleutel in het slot. Het gaat meteen al heel gemakkelijk. Dan komt het draaien. Tot Dups verbazing gaat ook dat goed. Zonder problemen draait Dup de sleutel half om in het slot. Dan gaat het wat moeilijker. Maar er zit nog steeds beweging in. Hij is bijna helemaal rond. En dan...

KNAK!

Beteuterd staart Dup naar het pinnetje in zijn hand. De rest van de sleutel zit nog in het slot.

'Plan twee,' zegt Frans opgeruimd. 'De truc met de schroevendraaier.'

Als een konijn uit een hoge hoed haalt Frans een schroevendraaier uit zijn broekzak tevoorschijn. 'Als het niet met sleutels werkt, pakken we het gewoon anders aan.'

'Wat ga je doen?' vraagt Dup.

'Misschien kan ik het slot er wel gewoon afschroeven?' Maar hoe hij het ook probeert, het lukt hem niet. Het hangslot zit muurvast aan de kist. Daar is met geen gereedschap wat aan te doen.

En weer heeft Frans een idee: 'De scharnieren,' zegt hij.

Het deksel van de kist draait open door twee stevige scharnieren. Die zitten aan de achterkant vast.

Frans spant zijn ogen in om beter te kunnen kijken. 'Popnagels,' zegt hij teleurgesteld.

'Wat voor nagels?' vraagt Dup. Van dat vreemde woord heeft hij nog nooit gehoord.

'Popnagels. Schroeven zonder gleufje,' zegt Frans. 'Dan heb je niks aan een schroevendraaier. We krijgen hem niet open, Dup.'

'Je hebt zeker geen vierde plan?' vraagt Dup.

'Tuurlijk wel,' zegt Frans. 'Wat dacht je?' Hij kijkt op zijn horloge. 'Ik breng jou bliksemsnel naar huis, voordat je problemen krijgt met je moeder.'

Dup slikt. Maar Frans heeft gelijk. Dup is al veel te laat.

'En weet je,' zegt Frans met een geheimzinnig lachje. 'Ik heb het gevoel dat ik ook nog wel een vijfde plan kan bedenken. Wacht maar af.'

Metriek

Robbert is boos. Boos op de inbrekers die gisteren brutaal zijn huis in zijn geweest. En ook boos op Bronkhorst, die daar vast wat mee te maken heeft. Het liefst zou hij nu van zijn stoel opstaan, naar voren lopen en – voor de ogen van alle kinderen – de krant pakken en hem in tweeën scheuren. Recht voor de neus van die vreselijke Bronkhorst. Wat zou hij opkijken...

Gelukkig is Robbert slim genoeg om dat niet te doen. Nee, hij heeft zich voorgenomen om in de klas helemaal niets te laten merken. Hij heeft niemand verteld van de inbraak. Alleen tegen Dup heeft hij het gezegd. Maar ja, die wist het zelf al.

Robbert heeft van Dup gehoord wat er gisteravond in de Bramenstraat gebeurd is. En ook dat Frans voortaan mee wil helpen. Dat is een fijne gedachte. Met Frans erbij nemen ze die kerels te grazen. Dat weet Robbert zeker. Daarom lukt het hem ook zo goed om net te doen of er niets aan de hand is. Wacht maar mannetje, denkt hij terwijl Bronkhorst naar het bord loopt. Wacht maar, onze tijd komt nog wel.

Het krijtje piept een witte krabbel op het groene bord.

De klas zucht: metriek!

Het lijkt wel alsof Bronkhorst daardoor juist meer zin krijgt om aan de les te beginnen.

'De verschillende maten bij elkaar opgeteld,' zegt hij handenwrijvend. 'Hoeveel is acht hectometer en zesendertig meter bij elkaar?' Hij krast de som ook nog even op het bord.

Een paar aarzelende vingers gaan omhoog.

Bronkhorst kijkt afkeurend de klas in en veegt zijn linkerschouder schoon.

'Nou, nou,' klaagt hij. 'Ik heb jullie gisteren nog uitgelegd hoe dat moet. Ik kan precies zien wie er hier zit te slapen.'

Ook een goed idee, denkt Dup. Slapen. Toch steekt hij zijn vinger maar op.

'Doeve,' zegt meester Bronkhorst kort. 'Vertel.'

'Eh, 836 meter, meester,' antwoordt Dup. Hij weet zeker dat het goed is.

'Klopt dat, buurman Brinkman?' vraagt Bronkhorst.

Zijn ogen priemen naar Robbert.

Robbert haalt zijn schouders op.

'Mja,' aarzelt hij. 'Volgens mij wel... Als Dup het zegt, zal het wel goed zijn.'

'Fout,' snibt Bronkhorst. 'Fout, fout, fout!'

Dup fronst zijn wenkbrauwen. Dat antwoord is goed!

'Maar meester,' probeert Pim ook.

'Wat wil je, Pim? Had ik jou wat gevraagd, soms?'

Pim schudt het hoofd.

'Nee meester, maar ik dacht dat...'

'Jij dacht niks, Glastra,' onderbreekt Bronkhorst hem. 'Ik was met Bertje bezig.'

Robbert heeft de som snel nagerekend, maar hij weet echt niet wat er fout is aan de uitkomst die Dup gaf.

'836 is toch goed, meester?' zegt hij zo beleefd mogelijk.

'Ja, Brinkman,' roept Bronkhorst. 'Die uitkomst kan dan wel goed zijn. Maar jouw antwoord was fout!'

Robberts mond valt wagenwijd open. Daar snapt hij geen snars van.

'Maar...'

'Als jij zegt dat 836 goed is, omdat je buurman het zegt, is dat het meest idiote wat ik ooit gehoord heb.

117

Het is niet 836, omdat Doeve het zegt. Alsof die rage-
bol altijd gelijk heeft. Nee, het is 836, omdat het 836
is. Daarom was jouw antwoord fout, Bertje!'
Er valt een doodse stilte in de klas. Je kunt een speld
horen vallen. En als je wilt weten hoe dat klinkt, dan
zou je er eens bij moeten gaan zitten. Een goede kans
dat Robbert je dan zijn plaats zou aanbieden. Want
Robbert is overal liever dan bij Bronkhorst. Robbert is
Bronkhorst beu. Als koude pap, zo beu.

Plan vijf

Diezelfde avond gaat de deurbel van Rozenstraat 132. Flup spurt meteen naar de voordeur. Het laatste stukje van de hal glijdt hij, totdat zijn pootjes plotseling afremmen op die vervelende prikkelmat. Daar blijft hij vrolijk staan blaffen.

'Ik kom al,' roept Frans en hij zwaait de deur open.

'Hoi, Frans,' zeggen Dup en Robbert.

'Hé, dat is een verrassing,' zegt Frans voor de grap.

Frans heeft Dup zelf gebeld. Hij heeft namelijk een plan bedacht en hij wil het met de jongens bespreken.

'En? Zin in het weekend?' vraagt Frans als ze even later in de woonkamer zitten.

De jongens knikken. Hun monden zitten vol met koek.

'Of ga je morgen liever nog een keer extra naar school?' lacht Frans. 'Dat kan ik wel regelen, hoor. Dan bel ik jullie meester wel even op.'

'Die hoef ik voorlopig niet te zien,' zucht Dup.

'Dat kan ik niet beloven,' zegt Frans dan. 'Het kan

goed zijn dat je hem morgen toch weer tegenkomt. Maar niet in de klas. In de Bramenstraat.'

Frans legt zijn hele plan uit. De jongens zitten ademloos te luisteren. Het is een goed plan, maar ook gevaarlijk. Maar ja, beter een goed en gevaarlijk plan, dan geen plan.

Dup en Robbert zitten boordevol vragen. Vragen waar Frans vaak wel, maar soms ook geen antwoord op heeft. Zo gaat dat nou eenmaal. Het is lastig te voorspellen hoe de drie mannen – Jens, Jurgen en Bronkhorst – zich precies zullen gedragen. Toch lijkt het erop dat Frans overal aan heeft gedacht.

'Dus dan moeten we morgen al vroeg aan de slag,' besluit hij. 'Kunnen jullie om negen uur hier zijn? Of liggen jullie dan nog in je bed te stinken?'

Meteen heeft Frans twee stompen te pakken. Op iedere schouder een. Dup links en Robbert rechts.

Als de twee jongens even later naar huis lopen, zeggen ze niet veel. In hun hoofd is geen plaats voor woorden. En bovendien: alles is besproken. Morgen... Morgen gebeurt het.

De telefoon

De ochtend begon al vroeg met een tekenles. Een tekenles op zaterdag. Hoe zet ik een pijltje en een kruisje op een bouwtekening? Het was het simpelste onderdeel van de dag. En Dup mocht het doen.

Daarna werd het vermoeiender. Met zijn drieën gingen ze naar het huis met de kist. Een karwei voor mannen met spierballen. Er moest flink gesjouwd worden in de Bramenstraat. Maar dat is gelukkig voorbij.

Nu zitten ze uit te puffen in de achtertuin van nummer zevenenvijftig. Het plan verloopt tot nu toe perfect. Dat is maar goed ook, want zelfs het kleinste foutje betekent dat alles kan mislukken. Het moet helemaal goed gaan. Zeker nu, want nu komt een lastig stuk: de telefoon.

Frans pakt zijn telefoontje en toetst een nummer in. Die juffrouw van Van der Plas was gisteren zo vriendelijk om het nummer van Jens van den Broek – een van hun beste loodgieters – aan Frans door te geven.

Dup en Robbert houden de adem in. De telefoon gaat over. Een keer. Twee keer. Drie... Het lijkt uren te duren.

Eindelijk neemt iemand de telefoon op.

'Met Jens,' klinkt het aan de andere kant.

'Bronkhorst,' zegt Frans met een stem die verdraaid veel op die van de meester lijkt. 'Kom onmiddellijk naar de Bramenstraat. Neem Jurgen mee. Geen vragen! Wacht buiten op me. Nu!'

En meteen – nog voordat Jens iets kan vragen – verbreekt Frans de verbinding.

'Nu jij,' zegt Frans. Hij geeft de telefoon aan Dup.

Dup krijgt het warm. Dit wordt het moeilijkste telefoontje in zijn hele leven. Dat weet hij zeker.

Hij haalt een verfrommeld papiertje uit zijn broekzak. Daar staat het nummer. Dups vinger zoekt de juiste toetsen.

'Kom op, hè Dup,' zegt Robbert.

Frans knipoogt.

De telefoon gaat over. Dup haalt adem. Maar nog voordat de tweede tuut in zijn oor klinkt, hoort Dup: 'Bronkhorst.'

'Met Jens,' zegt Dup met een hoge stem. Meteen gaat

hij verder. 'We hebben een probleem met de kist. Kom meteen naar de Bramenstraat. We wachten buiten.'

Snel drukt Dup op het knopje om de verbinding te verbreken. Hij heeft het er bloedheet van gekregen.

'Perfectemento!' roept Frans. 'Dat was goed, Jens, eh, Dup.'

'Die is er mooi ingetrapt,' glundert Robbert. 'Zeker weten.'

En wat ook zeker is, is dat het nu nog spannender wordt. Op dit moment rijden er namelijk twee auto's, met in totaal drie mannen naar het huis in de Bramenstraat. Over een paar minuten kunnen ze er al zijn.

Dup voelt de spanning in zijn buik en in zijn keel. Zijn benen lijken van elastiek en hij heeft zin om thuis te zijn. Lekker lui op de bank. Een beetje tv kijken of een lekker boek lezen, liefst niet te spannend.

Even later horen ze een bekend geluid in de straat: de auto van Van der Plas. Door de openingen in het huis zien ze de blauwe bestelwagen voor de deur stoppen. De twee mannen stappen meteen uit.

Snel duiken de drie in de achtertuin weg. Nu zien ze niets meer, maar ze horen wel wat: een tweede auto.

Dat moet Bronkhorst zijn. Remmen piepen. De auto stopt. Een portier gaat open en wordt met een behoorlijke dreun weer dichtgesmeten. Dat belooft niet veel goeds...

Jij belt mij!

Bronkhorst loopt zo hard als hij kan met zijn stijve been.

'En?' vraagt hij kortaf. 'Wat is er zo belangrijk om mij thuis te bellen? Je weet dat ik dat liever niet heb.'

'Hè?' zegt Jens verbaasd. 'Ik belde *jou* niet. Jij belde *mij*! "Geen vragen," zei je nog. Maar ik heb toevallig wel een vraag! Wat doen we hier?'

'Kom op, zeg,' bijt Bronkhorst terug. '*Jij* zei dat er een probleem was met de kist. Ik heb altijd al wel geweten dat jullie de boel in de soep zouden laten lopen. Vertel op! Wat is er aan de hand?'

'Luister eens even, professor,' zegt Jens boos. 'Als ik je zeg dat ik je niet heb gebeld, dan *heb* ik je niet gebeld. Heb jij soms gebeld?' vraagt hij dan aan Jurgen.

Maar natuurlijk weet Jurgen ook van niets.

En de enigen die er wel alles van weten, kunnen precies volgen hoe de drie in de voortuin bespreken wat ze nu zullen gaan doen. En dat is gelukkig precies wat Frans bedacht had.

Een van de drie wordt naar binnen gestuurd: Jurgen. Hij moet op onderzoek uit. En zo te zien is hij er niet erg gerust op.

Een pijl en een kruisje

Op de benedenverdieping ziet Jurgen niets bijzonders. Hij kijkt ook in de drie slaapkamers en in de badkamer. Hij is extra voorzichtig. Op de overloop blijft hij wel een minuut lang met ingehouden adem luisteren. Even later zet hij een voorzichtige voet op de trap naar de zolder. Treetje voor treetje komt Jurgen bij zijn doel. Maar nog voordat hij goed en wel op zolder is, ziet hij het al. Hij knippert eens goed met zijn ogen. Dat kan niet waar zijn! Zijn ogen zoeken de zolder af. De kist is weg! Hoe kan dat? Snel loopt hij naar de plek waar het ding heeft gestaan. Er ligt iets op de grond. Maar... Ziet hij dat wel goed? Het is de bouwtekening. Jurgen krabt zich achter zijn oor. Die waren ze toch kwijt? Dan slaat de paniek toe. Iemand speelt een spelletje met hem.

'Kom maar tevoorschijn!' roept hij. 'Ja, ik heb je wel gezien. Kom maar op. Ik lust je rauw!'

Gebonk op de trap.

Snel duikt Jurgen naar het donkerste hoekje van de

zolder en kruipt daar weg. Hij verandert meteen in een muisstil, doodsbang vogeltje. Wachtend op de vijand.

Iemand dendert de trap op. Met grote stappen springt hij naar boven.

'Jurgen! Wat is er?' vraagt een hijgende Jens.

'B-ben jij het?' stottert Jurgen. 'Ik dacht dat...'

Jens kijkt haastig om zich heen, speurend naar onraad. Het dringt nu pas tot hem door dat de kist verdwenen is.

'Waar is hij?' roept hij. 'Vertel op. Waar is de kist?'

'Ik weet het niet, Jens. Kijk, dit lag op de grond.'

Jens grist het papier uit Jurgens hand.

'Die is van ons. Dat is onze bouwtekening!' roept hij dan.

'Ja, da's goed, hè?' probeert Jurgen.

'Goed? Tuurlijk, hartstikke goed! We hebben onze tekening terug. Maar als jij wat beter op je spullen had gelet, dan waren we nu die kist niet kwijt, sukkel.'

Jurgen zegt niets. En Jurgen doet niets.

'En heb je dit gezien?' vraagt Jens kortaf.

'Wat?'

'Dit,' wijst Jens. 'Een pijl en een kruisje.'

De berging

Even later zitten Bronkhorst, Jens en Jurgen op hun knieën om de bouwtekening heen. Als kinderen tijdens een speurtocht, zoekend naar de juiste route. In de kale woonkamer van Bramenstraat 57 heeft Bronkhorst het hoogste woord.

'Kijk. Dit pijltje gaat naar dat kruisje, daar. Het gaat van de zolder naar de berging in de achtertuin.' De dunne wijsvinger tikt een paar keer op de berging in de tekening.

Alsof er iemand op een knopje gedrukt heeft, draaien hun hoofden alle drie tegelijk in de richting van de berging, het stenen gebouwtje in de achtertuin.

'Het zou natuurlijk heel dom zijn om daar met zijn allen naar binnen te gaan,' vervolgt Bronkhorst zacht. 'Wie weet worden we in de gaten gehouden. Als we samen gaan, zitten we als ratten in de val. We moeten ons dus weer splitsen.'

Jens knikt.

Jurgen ook, maar hij is bang dat hij er nog een keer alleen op uit moet.

'Jullie gaan naar de berging,' zegt Bronkhorst beslist. 'Ik blijf hier om de wacht te houden. Als ik wat zie of hoor, dan waarschuw ik jullie meteen. Dat kan niet fout gaan.

De twee mannen van Van der Plas luisteren aandachtig. Bronkhorst is nu duidelijk de baas.

'En als jullie in de berging zijn, dan geef je je ogen goed de kost. Daar moet de kist staan. Maak hem meteen open.'

Dan kijkt Bronkhorst met strenger dan strenge ogen naar Jens. 'Je hebt de sleutel toch wel bij je, hè?'

'Tuurlijk heb ik die,' antwoordt Jens. Hij grabbelt in de zak van zijn overall.

'Goed,' zegt Bronkhorst als hij de sleutel in de zon ziet glimmen. 'Je maakt die kist open en je haalt eruit wat erin zit. En dan smeren we hem als een razende kanariepiet. Vragen?'

Jens en Jurgen kijken elkaar aan. Ze schudden het hoofd.

'Nou, waar wacht je dan nog op? Lopen!' commandeert Bronkhorst.

Drie paar ogen zien Jens en Jurgen de smalle achtertuin instappen. Behoedzaam kijken de mannen om zich heen. Links, rechts, links en weer rechts. Halverwege hun tocht kijken ze ook nog onder een stapel planken tegen de schutting. Dan lopen ze weer verder in de richting van de berging. De berging waarin de kist staat. De kist die daar vanochtend vroeg met veel moeite heen is gesleept.

Achter de berging hebben Dup, Robbert en Frans zich verstopt. Jens en Jurgen zijn al zo dichtbij, dat Dup – die net om het hoekje staat – precies kan horen wat ze tegen elkaar zeggen.

'Kijk eens of de deur open is,' fluistert Jens.

Langzaam lopen de mannen van Van der Plas naar de berging toe.

Dup deinst geschrokken terug. Dat had hij beter niet kunnen doen. Zonder te kijken zet hij zijn voet in een bed van droge herfstbladeren. Een zacht, maar overduidelijk geritsel is het gevolg. Dup krijgt een hoofd als een biet. Zouden Jens en Jurgen het ook gehoord hebben?

Plotseling voelt Dup een stevige arm om zich heen. De arm tilt hem meteen op. Dup wil gillen, maar nog voordat hij zijn mond open kan doen, fluistert een stem in zijn oor: 'Rustig aan, lawaaimaker. Ik zet je neer als je stil bent.'

Het is Frans. Voorzichtig zet hij Dup naast Robbert neer. Dan kijkt Frans voorzichtig om het hoekje. Hij ziet niets.

Op dat moment horen ze een gedempt geluid in de berging.

'Kom, Jens,' roept Jurgen. 'De kist. Maak open.'

De doffe voetstappen op het gras veranderen van klank. In de bergruimte klinken ze hol. Jens rommelt wat met het slot.

'Ik krijg die sleutel niet omgedraaid,' hoort Dup hem zeggen.

'Weet je wel zeker dat je de goeie hebt?' vraagt Jurgen.

'Nu!' fluistert Frans.

Op hun tenen rennen de drie pijlsnel om de berging heen. Precies zoals ze het hebben afgesproken. Frans pakt de plank mee, die hij speciaal voor dit moment heeft uitgezocht.

Dup en Robbert hollen naar de deur. Robbert laat zich er zonder nadenken tegenaan vallen. Dup duikt naar de klink. De deur is dicht.

'Hé,' schreeuwen twee geschrokken stemmen in de berging.

Voor het raampje in de deur verschijnt het kwade gezicht van Jens. De man van Van der Plas kijkt Dup dreigend aan en grijpt naar de klink. De klink die Dup vastheeft.

'Los, Dup. Nu!' roept Frans dan.

En precies volgens plan laat Dup de klink los. Hij duikt naar beneden waar hij zich naast zijn vriend tegen de deur aan kwakt.

Met een snelle beweging ramt Frans de plank schuin onder de deurklink. Hij geeft er ook nog een flinke schop tegen. Zo, die zit vast. Muurvast. De klink kan nu onmogelijk naar beneden geduwd worden. Geen beweging in te krijgen.

'Hou hem in de gaten, jongens,' roept Frans dan. Hij wijst naar de plank. 'Die mag niet wegschuiven. Goed opletten. Ik ben zo terug.'

'Wat doe je, Frans?' roept Dup boos. 'Waar ga je naartoe?'

Dit hadden ze niet afgesproken.

'Geen tijd, Dup. Doe wat ik zeg!'

Frans draait zich met een ruk om en sprint naar het

huis. Als hij de keuken binnenstormt, hoort hij de voordeur nog net dichtvallen. Hij moet opschieten. Hij mag de jongens niet te lang alleen laten. Maar hij moet er ook voor zorgen dat die lafaard van een Bronkhorst niet ontsnapt.

In een paar passen is Frans de woonkamer weer uit. Dan de gang in en vlug naar buiten. Hij ziet Bronkhorst met zijn stijve been naar zijn auto vluchten.

Frans is veel sneller. Hij kan Bronkhorst al horen hijgen en kreunen. Met een perfecte duik gooit Frans zich op de vluchtende meester. Samen vallen ze op de grond. Frans met zijn volle gewicht boven op Bronkhorst. En dat is geen pretje.

'Meekomen,' blaft Frans.

Hij staat op en pakt Bronkhorst stevig in zijn nek. Met zijn andere hand draait hij een arm om. Bronkhorst kan geen kant meer op.

'Laat los, vent,' schreeuwt de meester. 'Blijf met je tengels van me af. Ik bel de politie!'

'Moet je doen,' zegt Frans. 'Maar eerst ga je met mij mee.'

Frans duwt Bronkhorst hard vooruit, door het huis heen, de achtertuin in.

'Gaat het, jongens?' roept Frans dan.

Dup schrikt als hij de twee dichterbij ziet komen.

Bronkhorst schrikt minstens zo erg. Wat moet hij nu doen? In een razend tempo probeert hij iets te verzinnen.

'Zo, jongelui,' zegt hij plotseling kalm. 'Zijn we aan het spelen? En op andermans terrein nog wel! Je weet toch dat je hier niet mag komen? Vooruit, naar huis!'

'Nee, meester,' zegt Dup flink. 'We zijn nog lang niet klaar hier.'

'Nee, want ik wil mijn spullen terug,' roept Robbert.

'Robbert, Robbert,' zegt Bronkhorst. 'Je spullen terug? Waar heb je het nu weer over?'

Opeens geeft Frans Bronkhorst een flinke zwiep en pakt hem hardhandig bij zijn schouders. Hij kijkt hem recht in de fletse ogen.

'En nou hou je je waffel, begrepen? Je hoeft ons niks wijs te maken. We weten alles. Van al die inbraken in de buurt. Je bent er gloeiend bij, Bronkhorst!'

'O,' zegt Bronkhorst dan. 'Nee, maar. Nu zie ik het pas. Frans! Jij bent Frans, toch? Heb jij niet bij me in de klas gezeten?'

'Ja, dat klopt,' zegt Frans meteen. 'Jammer genoeg wel.

En je hoeft me nu niet opeens Frans te noemen, hoor. Vroeger zei je ook altijd gewoon *dikke* tegen me. Leuk is dat, hè? Kinderen uitschelden, bijnamen geven en pesten. Jij moet wel trots zijn op jezelf!'

'O, Frans,' jammert Bronkhorst. 'Rustig nou. Het is allemaal een misverstand. Ik heb hier helemaal niks mee te maken. Echt niet! Het kan zijn dat die twee kerels in de berging hebben ingebroken. Zou best kunnen. Zelf had ik ook al zo'n vermoeden. En om je de waarheid te vertellen: ik was juist op weg naar de politie om ze te waarschuwen. Inbreken, bah! Daar wil ik niets mee te maken hebben.'

'O ja? Is dat zo? Dat zullen we dan eens snel regelen,' zegt Frans dan. 'Robbert, bel de politie.'

Frans gooit zijn telefoontje in een mooi boogje naar Robbert. De jongen vangt het mobieltje netjes met één hand en drukt het nummer van de politie in.

'Als je dat doet, Brinkman,' brult Bronkhorst plotseling. 'Als je dat doet, dan zullen we wat beleven maandag. Waag het niet de politie te bellen!'

'Klep dicht, Bronkhorst,' raast Frans. 'Voorlopig kom jij helemaal niet meer in je klas. En als je niet gauw ophoudt, dan stop ik je bij je vriendjes in dat hok.'

In de berging volgen Jens en Jurgen het hele schouw-
spel. De twee weten dat ze nog maar één kans hebben.
Ze zien dat Robbert nauwelijks op de plank let.

In de achtertuin van Bramenstraat 57 schrikt iedereen
van de enorme dreun. De mannen van Van der Plas
beuken zo hard tegen de deur, dat de plank onder de
klink met een vaart wegschiet. Meteen grijpt Jurgen
naar de klink.

Maar Dup bedenkt zich geen moment. Hij grijpt de
plank en gooit zich tegen de deur waar Jens hard tegenaan duwt.

O, dat kan Dup nooit houden.

'Robbert,' roept hij. 'De plank! Snel!'

Dup gooit de plank naar Robbert.

De lange jongen laat het mobieltje met een plof in het
gras vallen en vangt de plank. Snel zet hij hem schuin
onder de klink.

Nu is ook Frans bij de berging. Met een tegenstribbe-
lende Bronkhorst valt dat niet mee. Frans geeft de
deur nog een flinke zet. Zo! Die is weer helemaal
dicht. En hij blijft dicht!

Op dat moment schraapt Bronkhorst zijn keel. Dup
en Robbert weten precies wat dat betekent. Bronk-

horst wil iets heel belangrijks zeggen, en verwacht dan dat iedereen luistert. Maar daarvoor krijgt hij van Frans geen kans. Met zijn grote handen knijpt Frans Bronkhorst nog wat steviger in zijn nek en sist: 'Ik kan je natuurlijk ook in de wc opsluiten, Bronkhorst. In dat kleine, vieze stinkhok. Dus... als je het lef hebt om ook maar één woord uit te kramen – één piepklein woordje – dan kun je de pot op!'

'Luister nou eens,' begint Bronkhorst toch weer.

Maar nu heeft Frans er echt genoeg van.

Dup en Robbert geloven hun ogen niet. Frans pakt de magere meester gewoon op. Met één hand!

Bronkhorst spartelt wild met zijn benen als Frans hem onder zijn arm meeneemt. Zoals een houthakker een boomstammetje versjouwt. Frans loopt met Bronkhorst regelrecht naar de wc. Ondertussen houden Dup en Robbert de plank goed in de gaten. Dat mag niet meer fout gaan. Ze trekken zich niets aan van de brullende en beukende loodgieters.

Even later horen ze vanuit de keuken een geluid. Twee mannen komen het huis uit.

'Daar zijn die schurken,' zegt Frans tegen rechercheur Van Dijk.

Van Dijk heeft natuurlijk meteen door dat Frans niet Dup en Robbert bedoelt, maar Jens en Jurgen. En nog geen vijf minuten later staan er wel zes agenten in de achtertuin. De loodgieters worden netjes in de boeien geslagen. En Bronkhorst wordt van de wc gehaald.

'Handjes gewassen?' vraagt Frans nog. De meester kan er niet om lachen. Dup en Robbert wel. En Frans zelf natuurlijk ook.

Dan worden de meester, Jens en Jurgen in een politiebusje gepropt. Met tralies voor de ruiten. Die gaan regelrecht de cel in. Opgeruimd staat netjes! En de drie boevenvangers Dup, Robbert en Frans, gaan ook met de politie mee. In een andere wagen, dat wel. Zij worden keurig thuisgebracht. Dat doet rechercheur Van Dijk zelf.

Aardige man, die Van Dijk. Hij werd niet eens kwaad toen Frans het knopje van de sirene had ontdekt...

Paffen?

Buiten dwarrelen de bladeren naar beneden. Er lijkt geen eind aan te komen. Een bont herfsttapijt ligt als een deken op de grond. Maar daar hebben de jongens geen oog voor. Zij hebben genoeg gedaan vandaag. Dup ligt languit op de bank. Robbert hangt in een luie stoel. Cola en koektrommel in de buurt. Dat hebben ze wel verdiend.

'Ik ben benieuwd hoe het maandag op school zal zijn,' zegt Dup. 'Wie zouden we krijgen?'

Robbert haalt zijn schouders op. 'Ik denk Pim z'n pa. Maakt me eigenlijk helemaal niks uit,' zegt hij er snel achteraan. 'Alles beter dan Bronkhorst.'

Dup knikt. Hij stopt een krakeling in zijn mond en veegt de kruimels op de grond. Krakelingen met roomboterkoekjes smaken het best. Zeker als je ze allebei tegelijk in je mond stopt.

'Ga je vanmiddag nog mee?' vraagt Robbert dan.

'Mee? Waar naartoe?'

'Je weet wel,' fluistert hij geheimzinnig.

'Als je de Bramenstraat bedoelt,' zegt Dup. 'Daar zie je mij voorlopig niet. Sorry.'

'Nee, tuurlijk niet.' Robbert zet zijn lege glas op tafel. 'Het heeft met mijn oom Hendrik te maken. Weet je 't nou?'

'O,' lacht Dup. 'Is dat het? Gelukkig, ik dacht dat je je weer iets raars in het hoofd had gehaald. Nee, roken! Dan doe ik mee. Heb je een schone onderbroek bij je of ga je meteen op de wc zitten?'

Robbert krijgt meteen een kleur.

'Maar als we gaan roken,' zegt Dup, 'dan doen we het wel goed. Niet met zo'n suffe pijp. Ik heb wat beters.' Hij loopt naar de kast.

'Wat dan?' vraagt Robbert.

'Sigaren,' zegt Dup stoer. 'Dikke sigaren van mijn oom Karel.'

'Sigaren? Joh, die zijn hartstikke sterk,' piept Robbert.

'Nou en!' zegt Dup, terwijl de kast open kraakt. 'Wat maakt dat uit? We zijn toch geen kleine kinderen meer. Wij kunnen zelfs boeven vangen. En dan zouden we geen sigaartje kunnen roken? Weet je wat?'

Dup wacht niet eens tot Robbert wat terug zegt. Hij rommelt wat op de bovenste plank. 'We gaan gewoon

hier zitten. In de woonkamer.'

'Gek!' roept Robbert geschrokken.

'Ja, hoor. We gaan gewoon hier zitten. Geen probleem. Dat vindt mijn moeder helemaal niet erg,' zegt Dup. Opeens heeft Dup twee sigaren vast.

'Doe je mee of ben je een watje?' vraagt hij dan.

'Heb je wel vuur?' vraagt Robbert.

'Wat denk je?' zegt Dup met een lachje. Als een echte liefhebber schuift Dup een sigaar langzaam onder zijn neus heen en weer en ruikt er met dichtgeknepen ogen aan.

'Heerlijk! Wat een geur,' zegt hij dan. 'Die zal smaken.'

'O nee,' zegt Robbert. 'Ik hoef geen sigaar. Ik kijk wel uit.'

'Goed,' besluit Dup. 'Moet je zelf weten. Dan neem ik ze gewoon allebei.'

Meteen steekt Dup een van de sigaren zomaar in zijn mond en bijt er een flink stuk af.

Robberts ogen vallen bijna uit zijn hoofd.

'Gatver!'

'Gatver? Nee, lekker!' lacht Dup. 'Gevulde chocolade. Mokka. Dat zijn de lekkerste! Enne... ook beter voor je onderbroek.'